Bienheureux soit notre monde

Jacques Attali

Bienheureux soit notre monde

roman

Flammarion

ISBN : 978-2-0804-4168-3

« Les peurs, l'attrait de l'insolite, les chances, le goût du luxe sont des ressorts auxquels on ne fera jamais appel en vain. Il y a des contes à écrire pour les grandes personnes. Des contes encore presque bleus. »

André Breton,
Manifestes du surréalisme, 1924.

Première partie

Les Sombres

2 janvier 2029

L'aube est douce partout, même en enfer. On n'entend pas encore les cris, les pleurs, les plaintes des prisonnières et des prisonniers, enfin endormis ou assommés par les drogues et les coups ; pas non plus les hurlements des gardiens, toujours au combat. Ni les bruits de la ville, qu'on ne devine pas encore au loin. Ni les chants des oiseaux qui parfois traversent le ciel, ou se posent à la fenêtre de ma cellule : des merles, parfois des aigles pomarins et des outardes. Hier, sont passées des centaines de grues, très en retard sur leur migration.

Je suis enfermé au troisième étage d'un immeuble situé au 156 Arkonastrasse, dans le quartier de Pankow, à Berlin : cette ancienne prison pour femmes, construite par les nazis, avait été utilisée à partir de 1949 par le NKVD et la Stasi (le plus jeune prisonnier qui y soit mort devait avoir 13 ans) ; elle avait été ensuite transformée en mémorial de tous ces crimes. Il y a trois ans, l'année de mon arrestation, l'endroit est redevenu une prison. Une prison secrète de l'Otan, sous le contrôle des Sombres.

Je suis seul. Dans une cellule sans cesse éclairée. Un lit. Une table. Une chaise. Un lavabo, une douche, des toilettes. Les murs, comme le sol et le plafond, sont recouverts d'un caoutchouc noir très épais. Tout est très humide. Des cellules identiques à celle-ci, la prison en compte exactement cent cinquante-trois.

Je n'ai plus peur depuis longtemps. En entrant ici, je savais tout ce qui m'y attendait, ou presque : je n'avais pas imaginé les odeurs ; un mélange de sueur, d'excrément, de caoutchouc brûlé et d'huile rance. Et je ne pensais pas rester là aussi longtemps.

Dans les haut-parleurs minuscules fixés au plafond, des voix métalliques n'égrènent pas encore les ordres. Où ont-ils trouvé de telles voix ? Pas des voix enregistrées, ni le produit d'intelligence artificielle : de vraies voix humaines ; différentes selon qu'elles s'expriment en allemand, en anglais, en français, en russe ; en d'autres langues aussi, que je n'identifie pas ; et qui changent souvent. Celles de tous les prisonniers, sans doute. Et quand une langue disparaît…

On n'entend pas encore non plus, et c'est le pire, les interrogatoires, les tortures, les viols, les procès, la lecture des verdicts, et les rafales des exécutions, qu'ils nous imposent presque tous les après-midis. S'agit-il de vrais interrogatoires, de vraies tortures, de vrais viols, diffusés en direct ? De vraies exécutions, dans un pays où la peine de mort est abolie ? Ou bien tout cela n'est-il, dans ce Guantánamo européen, qu'un simulacre insupportable destiné à nous effrayer ?

Pourquoi n'ont-ils pas abandonné les poursuites contre moi ? Après tout, je ne suis coupable que d'un vaste canular. À moins que…

Et mes amis ? Quand viendront-ils enfin ? Trois tentatives d'évasion ; trois échecs. Des gardiens complices éliminés… Impossible de renoncer à tout espoir, ils viendront.

Changii, que fais-tu ? Je n'ai plus aucune nouvelle de toi, aucun signe, depuis deux mois. Pourtant, tout semblait prêt…

Eloa, où es-tu ? Aucune femme ne m'a manqué comme toi à cet instant.

Je devais rester ici un mois ou deux. Si j'ai bien compté, nous sommes le 2 janvier 2029. Je suis là depuis le 7 septembre 2025, soit un peu plus de trois ans et trois mois, exactement 1 213 jours.

Je tiens ce journal en araméen, écrit avec un code qui rend le texte illisible pour quiconque d'autre que moi. Il est mon seul compagnon. Les gardiens s'en moquent. Au début, ils ont hésité à me donner des cahiers et des stylos. Puis ils ont accepté. Un peu plus tard, ils en ont arraché une page qu'ils m'ont rendue quelques jours plus tard. Un traducteur avait dû leur dire que mon texte n'avait aucun sens. Depuis, ils me fournissent autant de papier et d'encre que je veux. Ils doivent penser que je suis devenu fou ; que je ne sortirai pas vivant d'ici ; que personne ne le lira jamais. Ils n'ont pas compris pourquoi j'écris.

Quelques semaines après mon incarcération, sous le seul nom qu'ils me connaissent, Elmer Ehud, on m'a mis dans la même cellule qu'un détenu dont personne ne connaissait le motif de sa détention. Il n'avait pas dit un mot depuis son arrestation, dix mois plus tôt, et il rejetait brutalement la présence de tout codétenu. Si je parvenais à me faire accepter par lui et à le faire parler, me dirent les gardiens, je serais peut-être mieux traité. Et même, qui sait ? libéré bientôt. Ils disaient qu'il s'appelait Stefan Dornier… Dornier. Comme l'ingénieur français qui construisit des avions pour les nazis ?

Quand la porte de sa cellule s'est refermée sur moi, j'eus du mal à l'apercevoir, recroquevillé au fond de son lit. Un long corps, très maigre, dont on devinait qu'il avait dû être athlétique. Impossible de lui donner un âge. Il se trouvait dans un état de saleté repoussant, à l'exception de ses mains, étonnamment fines et soignées. Une longue barbe et des cheveux noirs bouclés ne laissaient voir que des yeux immenses, deux saphirs dans un écrin crasseux. J'eus l'impression, fugitive, de le connaître.

À mon entrée, il grogna, rugit, se leva et se cogna la tête contre les murs, s'agitant en une sorte de transe interminable, tourna longuement autour de moi, sans me toucher ni même me regarder dans les yeux. Il montra les caméras au plafond et s'enfonça dans le silence.

Quelques jours plus tard, il sembla hésiter à me parler. Puis il cessa de s'alimenter. Je lui ai alors proposé de demander mon transfert, si c'était ma présence qui motivait son jeûne. Il refusa en secouant la tête. Au bout de vingt jours de grève de la faim, il ne se leva plus.

Il me fit signe de lui parler. Mais de quoi ? Je me lançai dans des discours interminables, dans toutes les langues que je connaissais, sur l'état du monde, sur la littérature, sur la science, sur la plaisanterie qui me valait cet emprisonnement, sur mes idées, sans rien dévoiler de nos projets. Rien ne suscitait son intérêt. Il ne semblait pas me comprendre et paraissait seulement heureux d'entendre autre chose que la terrifiante litanie des ordres, des interrogatoires et des exécutions.

Quand j'ai essayé l'araméen, il sourit, me regarda enfin, m'invita à m'approcher de son lit. Il me saisit le bras, colla sa bouche à mon oreille, et me parla, d'une voix juvénile, à peine audible, en araméen, avec un accent très britannique. Il me confia dans un souffle qu'il était grec et qu'il avait étudié l'araméen. Il se lança dans une grande diatribe contre l'état du monde. Il délirait : « Ceux qui sont dehors sont encore plus prisonniers que nous, mais ils ne le savent pas ; ils sont enfermés dans des croyances absurdes ; ils obéissent aux ordres des puissants, comme les prisonniers ici obéissent aux gardiens. Les puissants, les vrais puissants, les Sombres, sont cachés ; ils se nourrissent du travail, du corps, du sang, des folies et des peurs des humains. »

J'ai sursauté. « Les Sombres !? » Bien des gens, dans nos réseaux, désignaient ainsi les vrais maîtres du monde. Bien des listes de noms circulaient avant mon arrestation… Et il parlait l'araméen, la langue que nous avions choisie pour communiquer entre nous. Il était donc des nôtres ? Ou était-il un espion envoyé ici pour me faire parler ? Savait-il que j'étais en vérité Georg Elyes ? Savait-il quelque chose de notre projet ? Personne, dans notre organisation, n'en connaissait tous les détails. Surtout ne rien lui dire qui pourrait me dévoiler.

Il continua : « Ici, les gardiens, jusqu'au directeur, ne sont pas nos geôliers. Ils n'en sont que l'illusion… » Puis il m'agrippa et me tira jusqu'à lui pour me chuchoter à l'oreille :

« Je sais qui tu es. Je sais que tu vas sortir d'ici. Très bientôt. Je le sais. »

Pensait-il qu'on allait enfin reconnaître que je n'avais rien fait de grave, sinon une vaste plaisanterie ? Ou était-il au courant de ma prochaine tentative d'évasion ? Avait-il été informé des précédentes ? Ne rien dire. Il poursuivit : « J'ai été arrêté avant toi. Ma mission était de préparer ton repli. Je n'ai pas pu… Ne t'inquiète pas. Je ne parlerai à personne. Écris le détail de ta vie. Cela te sera utile au moment de ton évasion. Sois prudent. Ils te chercheront partout. Jusqu'à la fin des temps. Une fois dehors, va retrouver Guillaume d'Almace, Pierre d'Albeges, Clément de Metz et Elzéar de Rastel. Ils reposent là où la lumière se mêle à la lavande ; tu y seras bien accueilli. »

Il délirait. Ces mots qui n'avaient aucun sens sont pourtant restés dans ma mémoire.

Il s'endormit. À son réveil, il me sourit, et ne dit plus un mot. Trois jours plus tard, on vint le chercher.

Je ne l'ai plus jamais revu. Qui était-il ? Pourquoi m'avait-on enfermé avec lui ? Qu'est-il devenu ?

Depuis ce jour-là, je suis resté seul. Trois longues années se sont écoulées. Trois années de solitude et d'attente. Trois tentatives d'évasion manquées.

Par trois fois est venu, par un chant lointain ou par un gardien corrompu, un signe de Changii : « Les oiseaux du matin viendront vers toi » ; et puis plus rien. Les évasions échouaient et les gardiens changeaient constamment.

Pour tenir, j'ai fait chaque jour au moins deux heures d'exercices physiques. Parfois quatre. J'ai imaginé le clavier d'un piano et j'y ai joué deux heures tous les jours. J'ai caché mes douleurs à la hanche. Ils auraient pu s'en servir contre moi. Je ne sortais que pour une brève promenade quotidienne et les interrogatoires.

J'en suis au cinquante-troisième, le prochain est prévu pour aujourd'hui. Je ne suis jamais face au même policier. Mais est-ce vraiment un policier ? Ceux qui se succèdent sont toujours bien habillés, font preuve d'une courtoisie presque robotique ; ils posent sans relâche les mêmes questions, sur un ton de moins en moins agressif. Ils ont renoncé à avoir une réponse. Ils ont compris que je ne dirai rien. Pourquoi s'acharnent-ils ainsi sur ce qui n'était après tout qu'un canular ? À moins que les prétendus secrets que j'ai révélés aient été vrais ? Et si mon imagination n'avait fait qu'inventer leur turpitude réelle ?

Je ne sais presque rien de ce qui s'est passé dans le monde depuis mon arrestation, sinon par quelques bribes de conversation avec les gardiens. Ils parlent surtout de foot, de boxe, de femmes, de drogue et un peu de la situation politique à Berlin. Un maire d'extrême droite semble y avoir été élu. Ils en jubilent. Et ailleurs ? Où en sont les conflits qui avaient commencé, ou qui s'annonçaient, au moment de mon arrestation : en Ukraine ? en Corée ? à Taïwan ? Que s'est-il passé aux États-Unis ? Donald Trump, élu de nouveau en novembre 2024, plus d'un an avant mon arrestation, a-t-il été réélu en novembre dernier ? A-t-il continué de mettre en œuvre son programme dément ? Ou bien est-il enfin en prison ? Et en France, Marine Le Pen a-t-elle été élue présidente de la République il y a deux ans, comme c'était prévisible au moment de mon arrestation ?

À en juger par la température ici, le climat ne s'est pas amélioré ; dans la prison, on commence à rationner l'eau. Et j'ai compris que c'est pareil dans toute la ville. Et sûrement ailleurs. Ils ont continué à ne rien faire. Personne n'a déclaré l'état d'urgence. Mille fausses nouvelles courent, disséminées par les puissants et les révoltés. L'humanité ne mérite pas d'exister. Et ce n'est pas en attaquant les puissants d'apparence qu'on y changera quoi que ce soit.

Bienheureux soit notre monde

Mon père, Pierre Elyes, ce terroriste redouté de tous les gouvernements, s'est trompé d'adversaire. Dornier avait raison : les vrais coupables sont aussi dissimulés que les vrais maîtres de cette prison, et les gardiens et le directeur ne sont que des marionnettes sans importance.

Je vais suivre son conseil et écrire l'histoire de ma vie. Sans espérer que cela aide à mon évasion.

22 janvier 2029

Le signe est venu, une nouvelle fois, cette nuit : un chant lointain parcourant la ville, à peine audible de ma cellule. Un chant très particulier, en araméen. Tout y était dit : demain, à 10 h 02, Changii déclenchera une cyberattaque massive contre la prison. Toutes les portes seront déverrouillées en même temps ; toutes les caméras seront débranchées ; toutes les sirènes seront coupées, ainsi que toutes les communications avec l'extérieur, sans que ceux qui appelleront la prison s'aperçoivent de rien. Rien ne révélera à l'extérieur ce qui se passera à l'intérieur. Le directeur ne pourra pas prévenir de l'attaque, ni obtenir d'aide. Au moins pendant quarante minutes. Cela devrait suffire.

Les quelque deux cents prisonniers de cet enfer secret, supposé le mieux gardé d'Europe, devront alors prendre le risque de se faire tirer dessus par les gardiens, qui, privés d'instructions et de consignes, hésiteront peut-être avant de faire feu, et de dévoiler ainsi l'existence de cette horreur.

Je profiterai de la stupeur et du désordre pour sortir le plus vite possible, en passant par toutes les portes que des gardiens corrompus par Changii me désigneront. Peut-être comme Dornier me l'avait dit, me demanderont-ils à lire ce texte. On verra bien. Je serai loin quand le gouvernement allemand, en charge de la gestion de la prison pour le compte de l'Otan et des Sombres, rétablira le système de surveillance des chemins critiques.

Ils ne me retrouveront pas.

Cette fois, cela va marcher.

Après, les Sombres feront tout pour que personne ne mentionne l'existence de cette forteresse et de ses prisonniers ni mon évasion. Comme ils ont tout fait pour qu'on n'évoque jamais mon arrestation. Et si la rumeur s'en répand, ils parleront, dans les médias officiels, de l'évasion d'un lanceur d'alerte sans grande importance, un nommé Ehud Elmer, arrêté en France il y a trois ans. Ils n'établiront pas de lien avec le dirigeant terroriste adulé par les jeunes les plus radicaux et que personne n'a jamais vu, ce Georg Elyes, qui se serait suicidé en faisant exploser son bateau au large de l'île de Man…

Et pourtant, Georg Elyes n'est pas mort. Parce qu'il n'a jamais existé : Changii, Eloa et moi l'avons inventé pour brouiller les pistes. Nous lui avons imaginé toute une vie, sans aucune relation avec la mienne. Même si nous lui avons donné le nom de mon père. Parce que, à part nous trois, personne ne sait que Pierre Elyes était mon père.

Dans vingt-quatre heures, je serai libre ou mort. Vingt-quatre heures pour mettre en ordre mes vies et me préparer à ce qui vient. Vingt quatre heures pour relire le récit de ma vie écrit en suivant les instructions de Dornier. Je le relis et le corrige fébrilement, en surveillant tous les bruits…

*

Je suis né en janvier 1983 à l'hôpital de la Charité, à Berlin, sous le nom d'Ehud Elmer. Ma mère, Hannah Elmer, avait alors 20 ans. Elle avait choisi cet hôpital parce que c'était là que sa mère et son père exerçaient, tous deux médecins ; et on lui avait dit que c'était encore le meilleur d'Allemagne. Ma mère était la fille unique de deux citoyens israéliens, Simon Elmer et Yohanna Gerson, tous les deux petits-enfants de Juifs allemands ayant émigré en 1934 de Hambourg en Palestine. Ils s'étaient rencontrés en 1958 dans l'armée israélienne, et s'étaient mariés en 1960 à Haïfa. Ils avaient quitté

Israël un peu après pour étudier la médecine en Allemagne et ils y étaient restés. Ils étaient devenus deux neurologues renommés à Berlin. Ils ne reniaient ni leur citoyenneté ni leur judaïsme, allaient parfois à la synagogue de la Rykestrasse, même si, souvent, ils se moquaient des rabbins et pestaient contre le gouvernement israélien.

Née trois ans après leur mariage, Hannah, ma mère, fut leur seul enfant. Rien n'était trop beau pour elle : les meilleures écoles, les répétiteurs les plus dévoués.

Adolescente, elle émerveillait tout le monde par ses grands yeux noirs, sa très haute taille et sa longue chevelure blonde, dont elle prenait le plus grand soin, et dont j'ai hérité.

Très vite, elle s'était révélée une pianiste d'exception. Poussée par ses parents, elle commença, dès ses 15 ans, une carrière de concertiste qui devient rapidement prodigieuse.

En tournée à Beyrouth, à la fin de 1982, elle rencontra un jeune professeur de littérature comparée à l'Université américaine, Pierre Elyes. Ce Syrien maronite, âgé de 26 ans, qui l'impressionna par sa taille, ses mains et ses yeux verts intenses, si étroits qu'il semblait toujours les plisser, allait devenir mon père. En tout cas, si c'est bien lui dont ma mère m'a montré un jour une photo.

Ils ont eu, pendant un mois, une aventure passionnée, que l'un et l'autre voulaient sans lendemain. Rentrée à Berlin, Hannah découvrit qu'elle était enceinte ; elle refusa d'avorter, malgré les supplications de ses parents. Elle prévint Pierre qui vint la voir et se dit prêt à reconnaître l'enfant.

Pourtant, d'après ce que ma mère me raconta quelques années plus tard, mon père ne m'a jamais vu : il est mort avant ma naissance. D'un accident d'avion, en atterrissant à l'aéroport de Damas. L'accident avait été si épouvantable que son corps était réduit en cendres. Et il n'avait pas eu le temps de me reconnaître.

Il m'est arrivé de douter de la véracité de cette histoire. L'avait-elle inventée pour cacher un viol ? Ou un amant disparu en l'abandonnant ? Mais si tout cela était vrai, pourquoi atterrissait-il à Damas alors qu'il habitait Beyrouth ? D'où venait-il ? Mes grands-parents, eux, refusaient obstinément de répondre à mes questions et disaient que ma mère me raconterait tout quand je serais plus grand.

J'arrête de relire. Un bruit nouveau dans le couloir : les gardiens fouillent toutes les cellules. Ont-ils compris le signal ? Non. Ils passent devant ma cellule sans s'arrêter. Fausse alerte. Je continue. Il est très important que tout cela soit connu. Je sens un danger qui me guette.

Plus tard, j'ai pu vérifier que ma mère était bien partie pour une tournée de concerts au Liban, quelques mois avant ma naissance ; et qu'à cette époque il y avait bien, à l'Université américaine de Beyrouth, un jeune professeur de littérature comparée nommé Pierre Elyes. Il était né à Bcharré, un village du nord du Liban, où les maronites parlent encore l'araméen – une langue que, selon ma mère, Pierre Elyes maniait parfaitement. De lui, on perdait cependant très vite toute trace : à partir de juin 1983, plus aucune image, plus aucune citation de lui, plus aucune présence dans les documents de l'université. Même pas une date de mort... Il avait juste disparu. Et je ne trouvai aucune trace d'un accident d'avion sur l'aéroport de Damas à cette époque. Plus tard encore, ayant déniché des photos de lui, dans la presse américaine, syrienne et libanaise, je n'ai plus eu de doute, je lui ressemble : le même nez busqué, les mêmes yeux verts.

Après ma naissance en janvier 1983, sous le nom d'Ehud Elmer, ma mère a réduit ses tournées pour s'occuper de moi. Un amour fou. Intense. Exclusif. Elle était très aidée par ses parents, qui avaient fini par m'accepter. Quand nous étions ensemble, elle me parlait en français, disant que c'était la langue préférée de mon père, et, bien plus tard, elle me raconta ses cours sur Milan Kundera, sur Italo Calvino et sur Khalil Gibran qui, lui avait-il appris, était originaire du même village que lui, Bcharré, dans les montagnes austères du Liban-Nord.

Elle est alors devenue professeure de piano et de composition au Conservatoire de Berlin. Poste très prestigieux. Quand j'ai eu 3 ans, elle a repris ses récitals un peu partout à travers le monde. Pendant ses absences, elle me confiait à ses parents. Mon grand-père m'emmenait parfois avec lui à la synagogue, où je voyais bien qu'il était particulièrement respecté.

Dès que j'ai eu 5 ans, j'ai traversé de terribles crises de colère. Je ne supportais plus les ordres de ma mère, que pourtant j'adorais. Encore moins ceux de mes grands-parents. Je frappais mes camarades du *Kindergarten*, dès que je repérais ce que je pensais être une injustice, une maltraitance, une médisance aussi minime fût-elle. À la maison, je refusais d'obéir et je m'enfermais dans ma chambre en hurlant pendant des heures.

Ma mère s'en est beaucoup inquiétée ; mes grands-parents lui ont conseillé de m'envoyer chez un célèbre psychiatre de Berlin, qui ne me parla, avec un épouvantable accent viennois, que de ma mère, dont il cherchait à capter l'attention après chaque séance. Il déclara que je souffrai du « symptôme du justicier » et il me prescrivit des médicaments que je ne prenais pas, sauf quand ma mère me surveillait ; ces pilules déclenchaient toujours de terribles nausées. Une après-midi, à la fin d'une séance, je devais avoir 6 ans, je l'ai regardé d'un air si terrible qu'il a pris peur et a décidé de mettre fin à nos rencontres, à mon plus grand soulagement. Il a recommandé à ma mère de m'inscrire à des cours de judo. Ça m'a plu, mais, très vite, cela ne m'a pas suffi.

Quand j'ai eu 7 ans, ma mère m'a annoncé que nous allions déménager à Marseille, où on lui avait proposé un poste au conservatoire. Où ça ? Marseille ? En France ?! Pourquoi quitter Berlin, temple mondial de la musique classique, où vivait notre seule famille, pour une ville inconnue, dans un pays inconnu ? Marseille ! Et pourquoi quitterait-elle ses parents, qui n'avaient que nous ? Je ne comprenais pas. Je protestai de toutes mes forces d'enfant. Rien n'y fit.

Elle prétendit qu'elle avait reçu une offre qu'elle ne pouvait refuser. Je la soupçonnai d'avoir sollicité ce poste. Mais pourquoi ? Elle proposa, si je voulais vraiment rester à Berlin, de me laisser chez mes grands-parents. Quoi ? Elle voulait m'abandonner ? Pas question. J'irais où elle irait.

D'avance, je détestai cette ville. Sale. Loin de tout. Sans musée ni salle de concert. Où nous ne connaissions personne. Nous étions si bien à Berlin !

Elle acheta une magnifique maison dans le quartier des Goudes, près des calanques. Elle semblait heureuse. Elle s'est vite fait des amis avec qui elle sortait dîner. Elle avait trouvé un jeune homme pour me garder. Parfois, elle rentrait très tard. J'attendais son retour en faisant semblant de dormir.

J'ai fini par accepter. J'étais avec elle. Et c'était l'essentiel. J'ai pensé qu'elle avait un amant à Marseille. J'en étais jaloux. Mais je n'ai jamais pu la surprendre en quoi que ce soit, avec qui que ce soit.

Elle m'inscrivit dans une école primaire juive, l'école Beni Éléazar, boulevard de la Gaye. Elle existe encore. Le français me devint vite familier. Comme à Berlin, ni ma mère ni l'école ne me forçaient à m'associer aux prières, mais j'aimais y assister : cela me rappelait les moments avec mon grand-père... Qu'il me manquait ! J'y ai appris l'importance de la liberté, la nécessité de ne pas accepter l'injustice et les imperfections du monde ; et j'ai regretté de ne pas avoir eu un père, pour m'emmener tous les vendredis à la synagogue, comme mes copains. Et le samedi, à la plage, avec les autres.

C'est à l'entrée au collège, en sixième, que j'ai rencontré George Asserian, qui se fait désormais appeler Changii Ylang. Fils unique d'un commerçant arménien et d'une architecte chinoise, il était scolarisé dans cette école juive parce qu'elle était supposée la meilleure de Marseille en mathématiques ; et Changii était déjà reconnu pour ses capacités stupéfiantes en logique et en arithmétique. Il excellait aussi dans la discipline qu'il aimait par-dessus tout : l'astronomie. Il lisait tout ce qui lui tombait sous la main sur ce sujet, même des articles qu'il ne comprenait pas vraiment, comme la toute nouvelle théorie des cordes, dont il me parlait avec une passion aussi vive qu'obscure. Je hochais la tête d'un air convaincu et lui se rengorgeait à l'idée d'être déjà un grand professeur. Il finit par reconnaître qu'il ne comprenait pas vraiment tout, mais qu'il faisait semblant, avec une imperturbable mauvaise foi, parce que, disait-il, enseigner l'aidait à comprendre.

Lui et moi avions découvert une nouvelle passion commune : les oiseaux. En particulier les oiseaux marins. Nous passions des heures à apprendre à en reconnaître le plus grand nombre et à distinguer tous leurs chants.

À cette époque j'étais aussi fasciné par les langues : très vite, je parlai non seulement l'allemand et le français mais aussi l'hébreu, l'anglais, puis l'arabe, et, par révérence à l'égard de mon supposé père, l'araméen. J'espérais inconsciemment établir un lien avec lui.

J'ai demandé à ma mère de m'emmener au Liban, sur les traces de mon père, mais elle n'a jamais accepté.

Ma mère me conseillait dans mes lectures avec beaucoup de précision. Elle me prêtait des livres annotés à l'encre verte, d'une écriture très particulière qui n'était pas la sienne. Des annotations toujours pertinentes, d'excellents guides de lecture.

Je suis aussi devenu un bon joueur d'échecs, un excellent ornithologue, un judoka de haut niveau ; et un assez bon pianiste, mais d'un niveau trop médiocre pour ma mère en tout cas, qui me dissuada vite de suivre sa voie. Même si nous n'en parlions jamais, elle s'inquiétait encore de mes sautes d'humeur et de ma violence, soucieuse que cela pût me rendre inapte à exercer un quelconque métier. Mes professeurs s'échinaient à la rassurer :

j'étais un excellent élève et jamais ma violence ne s'exprimait, ni contre mes camarades ni contre eux. Je la réservais à ma mère. Et encore, de moins en moins souvent...

La prison est calme. Pas d'interrogatoire aujourd'hui, contrairement à ce qui était prévu. Pourquoi ? Et les haut-parleurs sont silencieux. Étrange... Ont-ils deviné ce qui se prépare ? Prudence. Je continue de relire.

Des langues, j'en suis venu à m'intéresser aux cultures et aux comportements des gens, les uns avec les autres : pourquoi les langues n'ont-elles pas toutes la même diversité d'insultes, de métaphores agressives, d'images humiliantes ? Pourquoi y a-t-il tant de perversion dans l'usage des mots ? Pourquoi les mots ne suffisent-ils pas à canaliser la violence ? Pourquoi les garçons harcèlent-ils les filles dans la rue et à l'école ? Pourquoi les enfants de mon âge, garçons et filles, n'arrivent-ils pas, comme j'y parvenais de mieux en mieux, à maîtriser leurs pulsions de violence, physique ou verbale ? Pourquoi les plus forts ne mettent-ils pas leur puissance au service des faibles ?

Et puis, avec le temps, et en écoutant les adultes, d'autres questions me sont venues : pourquoi les hommes frappent-ils si souvent leurs femmes et leurs enfants ? Pourquoi les adultes détruisent-ils la nature qui les nourrit ? Pourquoi les riches accaparent-ils des fortunes, qu'ils ne peuvent pas dépenser, quand tant de gens souffrent de la soif et de la faim ? À Marseille même, pourquoi tant de jeunes doivent-ils abandonner l'école, alors que d'autres, parmi nos voisins, partent en week-end à Paris, à Londres ou à la montagne ? Pourquoi des jeunes des quartiers nord survivent-ils en vendant de la drogue à des riches des beaux quartiers ? Pourquoi les uns meurent-ils d'un absurde conflit de territoire et les autres d'une surdose ? Tout cela au profit de qui ? Qui sont ceux qui dirigent vraiment la ville ? Pas les politiciens en tout cas, incapables d'influer sur la vie des gens : je les voyais comme des marionnettes pathétiques.

Quand ma mère m'annonçait qu'elle partait en tournée, j'allais chez les parents de Changii. J'y retrouvais une famille, avec deux parents, ce que je n'avais jamais connu, sauf chez mes grands-parents. J'en fus vite déçu : un père incapable du moindre sentiment et totalement obsédé par son travail (il dirigeait un modeste garage), et une mère entièrement concentrée sur les études de son fils. Aussi souvent que possible, Changii et moi courions vers les criques à la recherche d'oiseaux rares.

À voir la façon dont elle se préparait pour partir, et à son sourire au retour, j'ai toujours pensé qu'elle allait retrouver un homme. Elle ne m'a jamais rien avoué. Elle revenait en tout cas toujours les bras chargés de cadeaux, dont elle avait du mal à me cacher qu'ils venaient d'Iran, du Venezuela, de Cuba ou d'Algérie. Et de l'argent liquide. Beaucoup d'argent, qu'elle ne dépensait pas, sauf pour m'offrir des vêtements trop beaux, et des livres à l'infini : Calvino, Auster, Gibran, Shakespeare, Melville, Anders, Khayyâm, Borges, et tant d'autres. Elle avait insisté en particulier sur un livre de Calvino, *Le Baron perché*, et sur un autre de Paul Auster, *Mister Vertigo*. Des livres trop difficiles pour un jeune adolescent. Pourtant, je les lisais et nous en discutions pendant de longues soirées.

Nous retournions rarement à Berlin pour rendre visite à ses parents, qui ont toujours refusé de venir à Marseille. La dernière fois que je les ai vus, à l'automne 1996 (j'avais 13 ans), je les ai trouvés particulièrement attentionnés avec ma mère et moi. Eux qui étaient toujours très réservés, je les ai surpris en pleurs, dans les bras de ma mère, en larmes elle aussi.

Quelques jours après notre retour à Marseille, ma mère m'a annoncé que ses deux parents étaient morts, ensemble, et qu'elle se rendrait seule à leurs obsèques. Je n'ai pas insisté. Je l'ai prise très longuement dans mes bras. Elle ne pleurait pas et souriait. À son retour, elle m'a juste confié qu'elle avait réussi à obtenir qu'un rabbin important de Berlin vienne dire des prières pour eux et qu'ils soient enterrés dans le cimetière juif de Weissensee, à Berlin. Elle présentait cela comme une faveur, qu'elle avait eu du mal à obtenir : les orthodoxes n'aiment pas les suicidés.

J'arrête un moment de relire pour faire mes exercices physiques quotidiens. Être en forme pour courir tout à l'heure… Je reprends. Rester calme et attendre. Encore six heures.

Ma mère souffrit profondément de la disparition de ses parents. Je l'entendais souvent sangloter le soir, quand elle se croyait seule. Et puis elle s'est reprise et a recommencé à voyager.

Au début de l'été 1997, quand j'ai eu 14 ans, elle sembla brusquement de nouveau très triste. Comme à la mort de ses parents, comme si elle venait d'apprendre une catastrophe inattendue. Quand je l'interrogeais, elle me disait qu'il n'y avait rien de spécial, que je me faisais des idées, qu'il ne fallait pas que je la surveille de cette façon. Elle décida que je partirai, quelques jours plus tard, pour trois semaines, en colonie de vacances, un *summer camp* américain, dans une institution très connue, à Hancock, à deux heures de New York. Un endroit formidable, m'assura-t-elle : il y aurait des enfants de tous les pays, un accès à tous les sports et à toutes les activités artistiques. Avec comme seule obligation de produire un spectacle en fin de séjour. Il fut décidé qu'on emmènerait aussi Changii, dans ce voyage précipité. New York ! L'Amérique ! J'en rêvais ! Et le catalogue du camp qu'elle me montra regorgeait de photos sublimes du lieu, en pleine forêt, et d'adolescents souriants et épanouis. Cela devait coûter une fortune. Comment avait-elle pu payer cela pour deux ? Elle haussa les épaules.

Elle nous a accompagnés. Je fus déçu d'aller directement de l'aéroport à ce camp, sans voir New York. Ma mère m'assura qu'on y passerait quatre jours au retour. Car elle viendrait nous rechercher, c'était promis. Elle nous laissa à l'entrée du camp, après une conversation rassurante avec le directeur, qui vanta les mérites et les merveilles du lieu, la qualité de la nourriture et les talents des encadrants. Ma mère me laissa avec d'innombrables conseils sur la meilleure façon de ne pas me mettre en colère, d'être tolérant envers les autres, de comprendre que chacun a ses propres façons de faire face aux situations les plus surprenantes...

Malgré les discours du directeur et la beauté de la région, qui tenait toutes les promesses du catalogue, malgré les sublimes buses à queue rouge, les perroquets sauvages, les rares faucons pèlerins et les chatoyantes conures veuves, j'y ai rencontré le pire de la nature humaine, bien pire encore qu'à Marseille : sous une apparence très policée, sous le vernis des règles de courtoisie et des sourires convenus, la concurrence entre les adolescents et entre les accompagnateurs, dans toutes les compétitions sportives et artistiques, tournait à l'obsession. Les coups bas, la volonté de détruire dépassaient tout. Un adolescent, puis plusieurs autres, se sont moqués de mon accent, de ma façon de m'habiller, de ma méconnaissance du base-ball et du jazz. Ils m'ont défié aux échecs ; ils n'auraient pas dû. Les insultes ont repris. Des filles observaient ces joutes.

Une semaine à peine après notre arrivée, deux meneurs, beaucoup plus grands et plus forts que moi, ont multiplié les moqueries et les ricanements. J'ai gardé mon calme, jusqu'à ce qu'ils s'en prennent à ma mère qu'ils avaient aperçue à l'arrivée. Je ne l'ai pas supporté. J'aurais dû me contenir. Je n'ai pas pu. Changii a d'abord tout fait pour s'interposer ; puis il s'est jeté dans la bagarre, et a pris des coups. Bien moins sévères que les deux voyous. Leurs cris ont attiré les autres adolescents. Certains, dont quelques filles, ont lancé des paris. D'autres se sont mêlés à la bagarre. Personne n'a pensé à s'interposer. J'ai senti avec délice que je me laissais emporter par ma colère. J'allais donner un coup terrible quand Changii a retenu mon bras.

Le directeur a appelé la police. Les parents des deux ados ont porté plainte. J'ai refusé de plaider coupable : j'avais été insulté, c'était de la légitime défense. On m'a mis en garde à vue à Hancock.

Ma mère, qui était rentrée en France, est revenue. Elle a trouvé un bon avocat, qui m'a sorti de là en me forçant à plaider coupable. Nous sommes repartis immédiatement du tribunal vers l'aéroport.

Elle refusa de m'adresser la parole et même de m'embrasser quand j'ai voulu le faire.

Dans l'avion (elle avait réservé des places en première, ce qui ne correspondait pas à notre train de vie habituel), après être restée silencieuse un long moment et avoir attendu que Changii s'endorme, elle se tourna vers moi :

— Je ne veux pas tu finisses comme ton père.

J'ai sursauté. Avais-je bien entendu ? Quel rapport avec mes bagarres ? Ça voulait dire quoi ? Mon père ? N'était-il pas un simple professeur d'université mort dans un accident d'avion, quatorze ans plus tôt, juste avant ma naissance ?

Elle m'avoua alors que la réalité était différente de ce qu'elle m'avait toujours dit :

— Elmer, écoute bien : quand il m'a rencontré, ton père était déjà bien autre chose qu'un simple professeur d'université. En fait, son poste lui servait de couverture. Sous un pseudonyme, il était en fait un idéologue révolutionnaire très important, à la tête d'un mouvement clandestin, qu'il avait appelé « les Vengeurs ». Ils étaient actifs depuis des années déjà et rêvaient de renverser le capitalisme mondial pour installer un socialisme planétaire. Quand je l'ai rencontré, son groupe, dont nul ne savait qu'il était le chef, venait de réussir plusieurs coups d'éclat ; certains étaient publics, comme une manifestation à l'intérieur du Parlement britannique et des attentats revendiqués contre des intérêts américains dans le

Golfe. D'autres opérations étaient restées confidentielles comme l'enlèvement à Londres du patron de la banque Goldman Sachs, libéré contre une énorme rançon ; et d'autres opérations punitives de ce genre contre d'autres banques. Son groupe, que les services américains croyaient dirigé par des fanatiques chiites décidés à en finir avec la civilisation occidentale, était donc en réalité dirigé par un chrétien maronite, professeur de lettres et spécialiste de Kundera !

J'étais pétrifié. Je la regardais sans comprendre, sans même réaliser la folie de ce qu'elle racontait. Mon père, un dirigeant terroriste ? Allons donc !

De tout cela, continua-t-elle, elle n'avait rien su quand ils étaient ensemble. Pierre n'était pour elle qu'un professeur de littérature comparée à l'université américaine de Beyrouth. Et elle avait d'ailleurs d'abord cru à sa mort à Damas. Elle continua :

— Ton père, Pierre Elyes, n'est pas mort à 37 ans dans un accident d'avion. Il y a échappé parce que, au dernier moment, il n'a pas pris ce vol. Après l'accident, on l'a considéré comme un des passagers dont on n'avait pas réussi à identifier les corps, en raison de l'incendie. Il en a alors profité pour disparaître.

J'étais pétrifié. Pourquoi disparaître ? Il avait quitté ma mère ? Fuit ses responsabilités de futur père ? Je n'arrivais pas à croire ce que j'entendais. Ma mère m'a alors serré le bras, très fort.

Abasourdi, je commençais à comprendre : comment ça « cru à sa mort » ? Mon père n'était donc pas mort ?

— En tout cas pas ce jour-là, reprit-elle. Il est mort. Mais beaucoup plus tard. Très récemment, même.

Très récemment ? J'aurais pu le connaître ? J'étais perdu. Comment savait-elle tout cela ? L'avait-elle revu ?

— Oui, je l'ai revu. Un mois après l'accident d'avion à Damas, et l'annonce de sa mort, j'étais à Berlin, effondrée d'avoir perdu l'amour de ma vie et le père de mon enfant à venir, quand un jeune homme en noir, la tête couverte d'une capuche, est venu s'asseoir à côté de moi dans le bus. Il lisait ostensiblement un exemplaire du *Prophète* de Gibran que j'ai reconnu immédiatement : celui de ton père. Je voyais bien les commentaires manuscrits, de son écriture très reconnaissable, à l'encre verte ; comme dans tous ses livres. J'étais pétrifiée. Comment cet homme avait pu trouver ce livre qui ne quittait jamais ton père ? Sans me regarder, comme s'il se parlait à lui-même, l'homme chuchota en allemand avec un fort accent libanais : « Ne vous inquiétez pas, il est vivant et il vous reverra bientôt. » Je me suis mise à trembler. Il a posé sa main sur mon bras pour me calmer ; et il est parti.

Et elle l'a revu. Il lui a tout raconté. Elle a accepté, a refusé de le quitter et ils ont décidé de se revoir, clandestinement. Souvent. Elle recevait des messages, toujours par un envoyé sorti de nulle part, qui lui disait où et quand le retrouver. Dans des lieux toujours improbables. Elle s'y rendait, prétextant une tournée ou un concert privé. Il n'a jamais pris le risque de venir à Berlin, mais il avait assez d'amis sûrs et de caches discrètes en Europe, et en particulier près de Marseille, pour s'y aventurer sans trop de risque. Voilà pourquoi nous avions déménagé. Pour pouvoir le retrouver. J'avais vu juste : c'était pour un homme qu'elle avait quitté Berlin.

Quand j'ai demandé pourquoi je ne l'avais jamais rencontré, pourquoi elle m'avait privé de mon père, même à Marseille, elle m'expliqua qu'ils en avaient beaucoup parlé entre eux et qu'ils avaient conclu qu'il lui était impossible de me reconnaître et même de me rencontrer, car certains, dans les services secrets américains, étaient de plus en plus persuadés que le professeur Pierre Elyes était le chef des « Vengeurs », qu'il n'était pas mort et qu'il continuait à diriger leurs opérations.

Des cris de nouveau, des cris de femmes, des bruits qui ne trompent pas. Plus insupportables que tous les autres. Je fais tout pour ne pas entendre. Impossible. Les monstres.

La CIA avaient mis à ses trousses leurs meilleurs agents. La banque Goldman Sachs avait aussi engagé une firme de mercenaires, avec des moyens illimités, pour trouver le coupable et récupérer l'argent de la rançon. Cette firme, Strauss and Co., était connue pour ses méthodes totalement illégales et pour l'ego de son patron, un Britannique qui se faisait appeler Yarkon Dolto. Selon ma mère, qui le tenait de mon père, ce Yarkon Dolto se prétendait descendant d'un duc français, dont il aurait hérité un château en Bourgogne, où il organisait d'immenses chasses à courre, qui lui servaient de couverture. En réalité, il était le fils d'un petit industriel britannique, avait fait des études à Oxford, suivies, comme pour beaucoup d'étudiants d'Oxbridge, par un passage au MI6, puis, exploit beaucoup plus rare, d'une infiltration dans les services secrets chinois et même, prétendait-il, d'une élection au parlement régional de la Mandchourie. Avant de quitter la Chine et d'acheter ce château en Bourgogne et une ancienne et respectée agence de détectives privés, Strauss and Co., dont il avait fait une agence d'espions mercenaires qu'il dirigeait avec cruauté et cynisme.

— Voilà pourquoi Pierre ne t'a jamais reconnu, et n'a même jamais pris le risque de te rencontrer, continua-t-elle. Si la CIA ou Dolto avaient découvert qu'il avait un enfant, ils auraient pu s'en prendre à toi pour l'atteindre. Tu étais un point faible qui le rendait vulnérable… Cela n'a servi à rien : ils l'ont trouvé et ils l'ont tué.

— Comment ça ? Il est mort une seconde fois ?

— Oui, il y a deux mois.

Je ne respirais plus.

— Trois mois avant notre voyage aux États-Unis, Yarkon Dolto n'a pas hésité, pour vérifier si Pierre Elyes était encore vivant, à mettre le feu à la grande propriété de la famille Elyes, à Bcharré, au Liban ; ses parents et sa plus jeune sœur y sont morts, brûlés vifs. Fou de rage, ton père est revenu à Bcharré ; il a alors été repéré par les hommes de Yarkon Dolto, dans la maison d'un de ses cousins, à Balbek, où il a été assassiné, il y a un mois, dans les marges d'une attaque américaine, officiellement dirigée contre un repaire du Hezbollah, situé pas très loin de là.

Mon père serait donc mort quelques jours avant que je n'apprenne qu'il ne l'était pas, quinze ans plus tôt ?!

Et puis non, j'ai réagi : c'était absurde ! Je ne pouvais y croire. Pour la seconde fois, il serait mort sans laisser de trace, ni de tombeau ? C'était une histoire beaucoup trop invraisemblable, que ma mère était encore en train d'inventer. La colère m'a submergé. Peut-être parce que je me sentais coupable de mes bagarres et de la prison. Violemment, je lui dis de cesser, pour une fois, de me mentir et de me raconter des histoires folles, totalement absurdes. Comment pouvait-elle penser que j'allais avaler tout cela ? Ça suffisait, maintenant ! Elle devait me dire la vérité sur mon père ! La vraie vérité. Qui était-il ? Était-il vivant ? Mort ? Je n'avais pas besoin qu'il soit un héros ou un grand terroriste international, juste une personne réelle. Même si c'était un clochard dans les rues de Beyrouth ou de Marseille, qu'elle me le dise ! Elle me regarda longuement, défit sa ceinture de sécurité, vérifia que Changii dormait encore, fouilla dans son sac à ses pieds, et me tendit une lettre manuscrite, écrite à l'encre verte, sur un papier qui semblait avoir vieilli. La même écriture que celle que je connaissais bien pour l'avoir vue souvent dans les annotations des livres qu'elle me donnait à lire. Cette lettre, je la connais par cœur :

« Très cher Ehud,

Si tu reçois cette lettre, c'est que je suis mort. Ne m'en veux pas trop de n'avoir pu veiller sur toi que de loin. Bien des livres que ta mère, l'amour de ma vie, t'a fait lire, étaient les miens. Annotés de ma main. Bien des choses qu'elle t'a expliquées lui étaient suggérées par moi. Dans ton intérêt, je n'ai pu faire plus.

Chacun ici-bas a une mission qui ne se limite pas à s'occuper de ses enfants. La mienne aura été de mettre hors d'état de nuire le plus grand nombre possible de ceux qui font de la vie sur cette planète un enfer, alors qu'un monde bienheureux est possible. Je n'ai pas pu aller au bout de mon projet. Tu pourras au moins être fier de savoir que j'ai essayé. Relis Le Baron perché *(t'en souviens-tu ?) ; et toi aussi, comme lui, refuse les règles du monde. Ne recule devant rien. Fais preuve d'une obstination surhumaine. Tu en auras un jour tous les moyens.*

Tous les moyens. Ne te sens limité par rien. La vie est en état de légitime défense. »

C'est tout. Ni conclusion. Ni signature. Je restai pétrifié, ce papier à la main. J'ai évidemment conservé cette lettre que j'ai confiée à Changii, avec bien d'autres choses avant mon arrestation…

Je ne comprenais rien : pouvais-je vraiment croire à cette seconde mort de mon père ? Qui avait vraiment écrit cette lettre ? Et si c'était bien lui, était-il vraiment décédé ? Ou avait-il refait sa vie, une nouvelle fois, ailleurs ? Quel était son « projet » ? C'était quoi, « ce monde bienheureux » ? Et qui sont les gens « qui font de la vie un enfer » ? Que veut-il dire en écrivant que j'aurai un jour « tous les moyens » ? Tous les moyens de quoi ? de tuer des puissants ? Je ne veux pas devenir un assassin ! Et pourquoi me parler du *Baron perché*, ce roman italien écrit il y a quarante ans par Italo Calvino, que ma mère avait tant insisté pour que je le lise, l'année précédente ?

Ma mère, qui n'avait alors que 34 ans, n'avait-elle pas inventé toute cette histoire pour me cacher une fois encore l'identité de mon père ? Mais non. Cela ne lui ressemblait pas d'inventer des choses aussi folles. Mais, si tout cela était vrai, pourquoi avait-elle attendu ce voyage pour me le dire, alors que, selon elle, elle le savait depuis deux mois ? Pas de réponse à cela.

Depuis, je n'ai jamais renoncé à croire que mon père, un jour, se manifesterait. Après tout, s'il était encore vivant aujourd'hui, en 2029, il n'aurait que 73 ans.

En rentrant à Marseille, j'ai vérifié ce qu'elle m'avait dit dans l'avion : le patron américain de Goldman Sachs a bien été enlevé à Londres par un groupe terroriste, avant d'être libéré contre une grosse rançon. L'affaire a été bouclée en deux jours, en grand secret, les médias n'en ont été informés qu'après sa libération et la banque a refusé tout commentaire, mis à part une brève communication faite au conseil d'administration, réuni en urgence pour décider du règlement de la rançon, de l'information à donner à la police et aux actionnaires. J'ai ensuite trouvé, en cherchant bien sur les réseaux, qu'il y avait eu, entre les deux morts de mon père, d'autres enlèvements du même genre. Tous aussi confidentiels. Qu'aucune police du monde, ni aucun média, n'avait pu rattacher aux auteurs du premier ; et dont les responsables ne furent, eux non plus, jamais ni retrouvés ni même identifiés. D'autres rançons énormes ont, semble-t-il, été versées et jamais récupérées.

Ma mère aurait pu lire cela dans la presse et construire son histoire… Cela ne lui ressemblait pas. Elle était si transparente, si lumineuse !

J'ai aussi cherché, dès notre retour à Marseille, à retrouver notre exemplaire de ce roman dont parlait la lettre. *Le Baron perché*. Oui, il était encore là, dans la bibliothèque de notre salon. Une très belle édition. De quoi parlait-il, déjà ? Au XVIIIe siècle, un jeune noble de Toscane décide de ne plus descendre d'un arbre, d'y faire sa vie et d'observer de loin la vie des hommes. Il y reste quarante ans, y reçoit de multiples visiteurs prestigieux et y fait d'innombrables inventions. À la différence de beaucoup d'autres, ce livre n'était pas annoté ; seuls deux mots y étaient surlignés, avec la même encre verte que celle de la lettre de mon père : « obstination surhumaine ». Les mots qu'il avait employé dans la lettre... Pour quoi faire ? Lire beaucoup, comme le baron ? Multiplier les conquêtes féminines ? ou organiser la révolte des citoyens contre l'impôt ?

Les bruits se sont tus. La femme qu'on torturait depuis deux heures ne geint plus. Est-elle morte ? Je continue ma relecture.

De Pierre Elyes, nous n'avons jamais reparlé avec ma mère. Plus jamais. Elle changeait de conversation chaque fois que j'essayais d'y revenir. Depuis, il n'y a jamais eu aucun autre homme dans sa vie. Elle cessa presque complètement de voyager. Elle aimait encore donner des concerts dans la région, Bach, Schumann, Ligeti, Glass... Beaucoup s'étonnaient de voir une si grande pianiste, si jeune (elle n'avait pas encore 35 ans) renoncer aux tournées qu'on lui proposait. Et tout autant de la voir rester seule, sans tenter de refaire sa vie. Elle était comme éteinte, sauf quand il s'agissait de ses élèves, de commenter mes succès scolaires et de nos séances de piano à quatre mains.

Pour ma part, la lettre de mon père (car je voulais vraiment croire qu'il avait existé) ne me quittait pas. J'essayais de comprendre le sens caché derrière chaque mot, de voir le monde avec ses yeux. Comme lui sans doute, comme l'enfant que j'avais été, je ressentais toujours, et même de plus en plus, une grande colère devant les injustices quotidiennes dont j'étais témoin ou dont j'entendais parler. Au lycée, alors que mes camarades ne s'intéressaient qu'à la drague, au sport, aux jeux et à la drogue, et pour certains, très rares, à leurs études, je passais beaucoup de temps à lire des essais, auxquels je ne comprenais pas toujours grand-chose, à propos d'injustices sociales, de richesses immenses, de profits indécents, de migrations massives, de famines, de chômage, de dégradation de la nature. Je découvrais la folie de ceux qui croient que la croissance infinie est possible. Je ne cédais pas encore à la désillusion ou au désespoir.

La nuit avance, le silence, enfin ; l'aube s'annonce de nouveau et plus aucun bruit depuis le viol hier. Je dois terminer de relire ce récit au plus vite. Encore quatre heures…

Trois ans plus tard, en 2000, après un bac avec mention très bien, j'ai quitté Marseille pour entrer dans une classe préparatoire de lettres et d'économie au lycée Louis-le-Grand, à Paris. J'avais envoyé un dossier de candidature, sans en parler à ma mère, qui avait fait semblant de n'être ni surprise ni triste quand je le lui ai appris, et qui s'est ensuite occupée de mon installation à Paris. Sans s'imposer. Elle m'avait trouvé et loué, me dit-elle (j'ai appris plus tard qu'elle l'avait acheté), un appartement beaucoup trop beau et trop grand pour moi, rue de Tournon, pas trop loin du lycée. Impossible de dire à mes nouveaux camarades de classe que je vivais seul dans ce duplex de plus de cent mètres carrés. Je revenais à Marseille à toutes les vacances. Ma mère maigrissait de plus en plus, me semblait-il, même si elle le niait. Je la poussais à refaire sa vie. Elle était si jeune, pas encore 40 ans. Elle écartait cela d'un geste ; non, rien ne comptait pour elle, disait-elle, que moi, ses élèves et la musique.

Pendant ces deux années d'études intenses, j'ai beaucoup lu. Et ma colère devenait plus raisonnée. Je voyais la folie du monde, sans bien comprendre ce que je pouvais faire pour la combattre. Sûrement pas me lancer dans le terrorisme, comme mon père. J'ai pensé à faire de la politique, du syndicalisme, du journalisme. Rien ne me satisfaisait. Aucune envie non plus de faire du commerce ou de devenir haut fonctionnaire.

Tout me ramenait à l'enseignement.

Deux ans plus tard, refusant de passer les concours des grandes écoles commerciales, comme le faisaient tous mes camarades et alors que m'y incitaient certains de mes professeurs, je fus admis premier à l'École normale supérieure en lettres et en sciences sociales. Trois ans après, vint l'agrégation et un début de carrière de recherches et d'enseignement à la Sorbonne en économie et en géopolitique.

Plus j'étudiais, plus je comprenais le fonctionnement du monde, et plus il me révoltait. Beaucoup de livres, d'essais, de rapports, d'études annonçaient déjà de grandes catastrophes climatiques, sociales et politiques à venir. Personne ne s'en souciait, même après les attentats du 11 septembre 2001, dont il m'est arrivé de penser que mon père était le responsable. Mais non. Il était vraiment mort. Et je voulais croire que, de toute façon, il n'aurait jamais assassiné des milliers d'innocents.

Je sursaute. Ma porte s'ouvre, trois gardiens pénètrent. Il referme mon cahier. Ils n'approchent pas. L'un semble amical : ai-je rêvé qu'il me fait un signe ? Visite de routine. Ils repartent. Je continue.

Les cours que je donnais à la Sorbonne devenaient de plus en plus radicaux. Y venaient de plus en plus de gens. Je décryptais pour eux ce monde, où certains piétinent l'avenir de leurs enfants pour un peu d'essence ; où la liberté de chacun mène à la mort de tous ; où la démocratie est devenue de la veulerie ; où les politiques ne sont que des pantins ; où ceux qui protestent manquent d'audace pour vraiment tenter de changer le cours de l'Histoire ; où l'esprit est dominé par la matière ; ce monde où la poursuite du bonheur n'est qu'un masque de la perversion ; où le plaisir devient une tyrannie ; où la quête du confort fait perdre tout courage ; où l'égoïsme pousse à la déloyauté ; où la drogue et le sexe sont devenus les principaux moyens de faire fortune, parce qu'ils permettent d'oublier l'avenir. Où plus personne ne cherche la vérité, parce qu'elle n'est presque jamais douce ; où chacun est paralysé par l'immensité des menaces et des enjeux. J'expliquais à mes élèves que le suicide de l'humanité était proche et que notre génération serait le fossoyeur des suivantes.

J'insistais :

— Plus personne ne respecte rien. La nature est bousillée. Il n'y a presque plus d'oiseaux dans le ciel. Des forces obscures gouvernent le monde, sans qu'on puisse les localiser. Les gouvernements et les organisations internationales sont dépassés. Les Églises ne sont plus écoutées, sauf quand elles prêchent la haine des autres. Le GIEC ne sert à rien : comment ces gens-là, qui se disent des savants, des experts conscients, peuvent-ils se contenter de prévoir des catastrophes ? N'ont-ils pas le courage de passer à l'action ? Il y a quatre-vingts ans, la plupart de ceux qui dénonçaient les crimes des nazis étaient entrés en résistance ; aujourd'hui, ceux qui savent ne se battent qu'à coups de rapports ! On ne combat pas les puissants par la parole, aussi savante soit elle. On les combat par les actes et par les armes, en éliminant les responsables, pas les innocents ou les sous-fifres. Mais presque plus personne n'a le courage de prendre le risque de mourir pour défendre l'avenir. Les humains ne sont plus autre chose que des zombies, qui se bourrent de poisons pour ne pas mourir. Au nom du bonheur, du pauvre petit bonheur, on laisse l'humanité se détruire. On ne pourra jamais convaincre assez de monde de ne plus travailler pour ces gens-là, de ne plus consommer aucune drogue, aucune énergie fossile, aucun sucre artificiel, tout ce qui nous tue et les enrichit. Pourquoi tout ça ? Parce que l'homme, en soi, n'est pas bon ; un jour ou l'autre, il redevient un monstre, ou un lâche, ce qui ne vaut pas mieux. Les lâches sont aussi coupables que les monstres ; comme les parents de ma mère, les Elmer, victime de la pire ignominie du siècle précédent et qui étaient pourtant revenus vivre chez leurs bourreaux, en Allemagne.

Autour de mes cours commencèrent à s'assembler des garçons et des filles remarquables et de tous milieux.

Les bruits de la rue commencent à se faire entendre. Attendre. Continuer à relire ce récit. Tout dire.

Sans que nous l'ayons vraiment décidé, mes élèves ont commencé à se réunir, chez moi, rue de Tournon, le soir. Aucun ne s'est moqué de cet appartement somptueux, simplement meublé de grandes bibliothèques d'un bureau encombré d'ordinateurs et de manuscrits, de quelques chaises et d'un lit, où l'on réfléchissait à la meilleure façon d'en finir avec les riches et les puissants. Nous étions tous sincères et terrifiés par le monde qui s'annonçait.

Entre nous, on commença à nommer « Sombres » tous ceux qui, cachés ou non, gouvernaient vraiment le monde. Je ne sais qui le premier parmi nous a utilisé ce mot. Il a plu. Il s'est imposé à nous. Ainsi allions-nous désigner les vrais maîtres du monde. Sans nous rendre compte que ce n'était qu'un mot-valise, qui cachait notre ignorance de la réalité des pouvoirs. De fait, aucun d'entre nous ne savait qui ils étaient vraiment, ces Sombres ; ni comment les distinguer des faux puissants, ceux qui occupent le devant de la scène et que nous avons commencé à appeler, entre nous, les « Illusionnistes ».

Et nous avons décidé, nous qui voulions résister, de nous baptiser les « Vivants ». Tout simplement.

Nous réfléchissions à tous les plans d'actions possibles : certains voulaient qu'on reste non violents et qu'on infiltre les réseaux des « Sombres », pour en établir des listes, décrire leurs liens et leurs complots, afin de révéler publiquement leurs crimes.

D'autres, plus nombreux, pensaient qu'on ne frapperait pas l'opinion sans l'élimination physique spectaculaire de quelques-uns de ces « Sombres » et de la plupart des « Illusionnistes » ; ils mettaient au point des projets de destruction d'une banque, d'un laboratoire pharmaceutique, d'un ministère, d'un club de puissants. L'action terroriste ne les effrayait pas. Mais pas question pour moi de mettre mes pas dans ceux de mon père.

Ma mère ne savait rien de tout cela. Et je le lui ai caché. Elle ne venait jamais à Paris et j'allais la voir, au moins une fois par mois, dans notre maison des Goudes, qu'elle n'avait jamais quittée. Le temps agissait vite sur elle. Même si elle était encore très jeune, si sa voix restait juvénile et ses mains toujours aussi agiles, il y avait désormais dans ses yeux une tristesse, qui semblait indépassable, même si ma présence paraissait la réchauffer un peu. Elle s'inquiétait de voir mon ressentiment grandir. Elle ne voyageait presque plus ; sauf pour quelques rares concerts à New York et à Jérusalem, d'où elle revenait très fatiguée. Quand je la rejoignais, elle annulait les cours qu'elle donnait à ses élèves et me consacrait tout son temps. Quand je lui disais un peu de ma haine des puissants, je la voyais se recroqueviller. Alors je me taisais.

Je ne lui parlais pas non plus de mes textes, que publiaient des revues confidentielles, ni de mes cours ou de mes fréquentations, de plus en plus extrêmes ; ni des manifestations auxquelles je participais. Ni du grand livre que je préparais : cinq tomes pour expliquer le fonctionnement du monde, pour dire les causes de tout et nommer les monstres qui conduisent l'humanité au suicide. Et encore moins des projets que nous élaborions, tard le soir, entre amis.

En retour, elle me taisait ses soucis. J'imaginais bien qu'elle ne voulait pas que je finisse comme mon père, ce grand universitaire ayant basculé dans le terrorisme... Nos conversations étaient gardées. Il y avait beaucoup d'amour et de silences aussi. Elle disait que la musique devrait suffire à faire comprendre à l'humanité la beauté du monde, la vanité du pouvoir et l'inanité des combats. Alors elle se mettait au piano et me jouait quelques-unes de mes œuvres favorites ; puis nous nous lancions dans un quatre mains romantique et très virtuose, comme la *Fantaisie* en *fa* mineur de Schubert, dans laquelle j'étais vite perdu. Nous riions tant !

Pendant mes courts séjours à Marseille, je revoyais aussi Changii, devenu, après des études à la faculté des sciences d'Aix, un informaticien de très haut niveau. Comme il l'avait toujours voulu, il travaillait désormais au Laboratoire d'astrophysique de Marseille aux programmes informatiques nécessaires à des recherches sur l'existence de vies extraterrestres. Comme beaucoup des astrophysiciens avec qui il travaillait, il était absolument persuadé que les extraterrestres n'étaient pas une fiction ; et qu'avec un télescope bien plus puissant que ceux dont on disposait aujourd'hui, on les trouverait. « Il faut, m'expliquait-il, que l'humanité survive assez de générations pour parvenir à mettre au point les instruments pour entrer en contact avec eux, parce qu'ils sont, disait-il, assez sages pour nous éviter. À moins qu'ils aient tous déjà disparu, par la même bêtise et le même aveuglement que ceux qui nous menacent. Dans ce cas-là, nous serions les dernières formes de vie dans l'univers. »

Il me demandait toujours des nouvelles de mes amours. Je lui parlais de mes conquêtes. Jamais rien de sérieux. Des filles trop belles, trop intelligentes, trop jeunes pour moi ; et que je fuyais dès que je sentais poindre le moindre risque d'attachement. Pas question que rien ne vienne se mettre en travers de mes recherches et de l'action qui s'annonçait.

Et lui ? Il ne répondait pas, passait sa main dans ses cheveux, me glissait un regard furtif, avec un petit sourire entendu. J'insistais, pour le mettre mal à l'aise : « Présente-la-moi. » J'ai eu tort de faire cela et je m'en suis voulu. On est passé à autre chose. Je l'aimais tant ! Il ne se doutait pas qu'il y avait longtemps que j'avais compris qu'il refusait de parler de son homosexualité. Et peut-être aussi de se l'avouer à lui-même. Sa famille, si conservatrice, devait encore exercer une pression très lourde sur lui ; et, en cette année 2010, dans certains milieux, la libération des mœurs n'était pas encore très avancée.

Il semblait n'avoir qu'une distraction : les jeux vidéo. Il apprenait même comment en concevoir. Il suivait des cours et m'en parlait avec passion.

Changii me demandait souvent la permission de lire mes manuscrits. Pendant longtemps, je refusai. Même à lui, impossible de faire vraiment confiance : ce que j'écrivais pouvait être compris comme un appel à l'action violente. Je lui disais mes colères, mes inquiétudes pour le sort de la planète, mes révoltes, mais je ne lui parlais pas des Vivants ni de nos réunions et de nos projets.

Le soir, nous dînions tous les trois chez ma mère, aux Goudes. Je me suis rendu compte qu'ils se voyaient souvent tous les deux quand je n'étais pas là. Cela me rassurait. Changii était si prévenant, et elle adorait cuisiner pour lui des plats libanais ; alors qu'elle jurait n'avoir été qu'une seule fois dans ce pays...

Et puis un jour Changii murmura : « Tu as raison, pourquoi chercher s'il existe une vie extraterrestre si, au même moment, on laisse disparaître la vie sur la Terre ? » Avait-il deviné où j'allais ? Souhaitait-il nous rejoindre ? Je n'osai insister. Avec lui, je compris mieux ce que j'aurais mis longtemps à m'avouer : ce n'était pas avec un livre, aussi réussi soit-il, que j'arriverais à secouer les consciences. Presque plus personne ne lit ce qui inquiète ou révolte. Surtout de gros pavés obscurs, comme celui que j'étais en train d'écrire. Cela ne sert à rien. Il faut agir. Politiquement. Militairement. Et de cela, pas question de lui parler.

Un soir d'août 2015, alors que j'étais chez moi à Paris, un appel de Changii, devenu informaticien au laboratoire d'astronomie de Marseille, m'apprit que ma mère venait de mourir subitement, à 52 ans, chez elle. Je me précipitai à Marseille, où j'avais prévu de me rendre la semaine suivante, parce qu'une longue conversation téléphonique avec elle, la veille, m'avait inquiété. J'entends encore sa voix : « Ne te dérange pas pour moi. C'est le moment des vacances, amuse-toi, repose-toi. On trouvera un moment bientôt, mon chéri. Je t'aime. »

Je ne peux relire ce passage sans pleurer. Aucun mot ne peut dire l'intensité de mon chagrin.

Des médecins marseillais embarrassés m'expliquèrent qu'elle souffrait depuis quelques mois d'une rare maladie du sang ; imprévisible, foudroyante et incurable. Et qu'elle avait interdit qu'on en parle. Je n'arrivais pas à croire qu'elle ait pu me le cacher. J'aurais dû deviner. J'aurais dû l'aider. J'aurais pu faire beaucoup. À commencer par être auprès d'elle et chercher les meilleurs médecins du monde. On aurait pu la sauver, j'en suis certain. Et puis, tant de choses auraient dû être dites ! Des choses que j'espérais encore qu'elle me dirait. J'étais dévasté.

C'est à ce moment-là que j'ai eu un accident de voiture. Seul, la nuit, j'ai perdu connaissance. Embroché dans un pylône. J'aurais dû mourir. Juste une hanche broyée. La douleur est encore là. Longtemps j'ai cru que j'avais peut-être voulu me suicider. Et c'était ce que Changii pensait, j'en suis sûr.

Ma mère n'avait pas laissé de testament ; elle n'avait pas mis ses affaires en ordre. Comme si elle ne s'attendait pas à mourir. Sinon qu'elle avait demandé qu'un rabbin lise le kaddish, lors de ses obsèques, qui eurent lieu, comme elle l'avait voulu, dans le petit cimetière juif de la Timone, en présence de beaucoup de gens, venus du monde entier et que je ne connaissais pas.

J'ai pensé que mon père était peut-être là. S'il était vivant, il n'aurait pas encore 60 ans. J'ai scruté tous les visages. En vain. Qui était-il ? Une invention de ma mère ? S'était-elle servie de ce terroriste, dont on avait beaucoup parlé, pour s'inventer une histoire d'amour plus belle que la vraie ? Je ne le saurai jamais.

Quelques jours plus tard, j'ai été appelé par un notaire de Lausanne, qui m'a demandé de venir au plus vite. J'ai laissé traîner : je n'avais aucune raison d'aller en Suisse, et ce notaire n'avait aucune raison de s'intéresser à moi.

Il a rappelé, me parlant de ma mère. J'y suis allé.

Dans d'autres circonstances, cet homme m'aurait fait sourire : petit, rondelet, chauve, les mains huileuses, la veste noire et la cravate blanche douteuse ; lui qui devait être habitué à des situations très étranges, semblait particulièrement ému de me voir. Il m'accueillit à l'entrée d'un vieil immeuble donnant sur un lac, m'entraîna au troisième étage dans un grand bureau lambrissé. Il ferma sa porte à clé, me fit asseoir, me servit un café que je refusai, et m'apprit que j'étais l'héritier unique d'une fortune immense qu'un inconnu m'avait laissé à ma naissance, et dont ma mère avait eu l'usufruit jusque-là.

— Une immense fortune ?

— Très exactement, dit-il solennellement, en tremblant un peu : au cours du jour, neuf milliards neuf cent quatre millions de francs suisses, répartis en d'innombrables comptes, dans sept pays différents, en plusieurs devises. Une fortune parfaitement légale, qui avait franchi tous les contrôles des autorités helvétiques, et que, expliqua le notaire de plus en plus fébrile, je pouvais désormais utiliser sans craindre aucune accusation d'un quelconque délit.

Dix milliards ? Comment veut-il que je croie à ça ? Je pensais à une plaisanterie macabre. Je me levai pour partir. Il me fit signe de rester.

Ma mère, ajouta-t-il, l'avait reçue en 1997, dix-huit ans plus tôt, et elle n'y n'avait jamais touché. Ni pour elle ni pour moi. Excepté, quelques dépenses que je comprenais mieux maintenant, comme l'appartement de la rue de Tournon. Et, dans les derniers mois, pour se soigner : ce que je croyais être des tournées étaient en réalité des séjours à l'hôpital Hadassah à Jérusalem et au Mount Sinaï Hospital à New York.

Je ne l'en ai que plus aimée. Que serions-nous devenus, que serais-je devenu, si nous avions vécu de cela ? De plus, elle aurait dû s'expliquer sur l'origine de cette fortune qui, de toute évidence, venait de mon père. Car je n'avais plus de doute : cet argent était réel et c'était mon père qui l'avait légué à ma mère à sa mort, l'année de mon voyage en Amérique. L'avait-il accumulé à partir des rançons dont – les journaux en avaient parlé – son groupe avait été coutumier ?

Je n'arrivai pas à imaginer une telle somme. Plus de dix milliards d'euros. C'était si énorme, si abstrait, que je n'ai pas pensé une seconde que je pourrais l'utiliser, même en partie, pour moi. J'ai d'abord voulu faire comme ma mère : oublier cet argent dans les banques où il se trouvait. Le notaire se proposait d'ailleurs de continuer à gérer cet argent « en bon père de famille », comme il le faisait depuis près de vingt ans, pour le compte de ma mère. Et sans doute à son très grand profit, à lui aussi.

Puis j'ai pensé aider Changii, dans sa quête de vies extraterrestres ; et, pour cela, financer la construction du très grand télescope dont il rêvait. Il avait fait tous les calculs : pour détecter la vie extraterrestre, un nouveau télescope devrait avoir plus de deux cents antennes, soit trois fois plus que le plus grand du moment, l'Alma, qui venait d'être inauguré au Chili, après dix ans d'une coopération internationale intense, et qui était déjà cent fois plus puissant que n'importe quel autre. Un télescope capable de détecter la vie extraterrestre devrait, m'expliqua-t-il, être huit cents fois plus puissant que le télescope chilien et avoir 35 kilomètres de diamètre. Changii avait calculé que, pour le construire, il faudrait 3,8 milliards de dollars. « Avec un tel instrument, disait-il, on serait certain de trouver une trace de vie quelque part dans l'univers. Mais personne, vraiment personne, ne mettra jamais une telle somme pour ça, alors qu'on dépense tous les jours dix fois plus pour fabriquer des armes, ou pour construire des palais présidentiels. » Je lui ai dit que j'en trouverais les moyens. Changii éclata de rire. Étais-je devenu fou ? Où trouverais-je quatre milliards de dollars !?

Je me suis tu : j'aurais dû dévoiler ma fortune, et sans doute dû en expliquer l'origine. Pas question. J'ai renoncé. Changii m'a regardé bizarrement, puis il a haussé les épaules et m'a pris pour un doux rêveur.

J'ai alors pensé à tout donner progressivement, discrètement, à des associations, à des écoles et aux jeunes des quartiers nord de Marseille. J'ai commencé, et puis me suis vite rendu compte que même si j'y consacrais cent millions d'euros par an pendant dix ans (ce qui serait énorme pour chacun d'eux), cela ne ferait qu'à peine écorner la fortune de mon père.

Mon père. Dans la lettre que m'avait donnée ma mère, il avait écrit que j'en aurais « un jour tous les moyens ». C'est donc cela qu'il voulait dire ?

Et puis, le temps passant, j'ai cru de moins en moins à ce qu'on m'avait dit des causes de la mort de ma mère. Une maladie brutale du sang ? C'était bizarre. J'ai enquêté. Ce ne fut pas très difficile.

En 2019, soit quatre ans après sa mort, j'ai découvert qu'elle était morte de l'usage d'un anti-douleur très banal, produit d'un grand laboratoire, qui en avait caché l'incompatibilité avec d'autres traitements, en particulier cardiaques. Ma mère prenait certains de ces traitements, pour l'hypertension, totalement incompatibles avec cet antidouleur. Cela lui fut fatal. Son état de santé s'était très rapidement aggravé. Quand ses médecins avaient fini par comprendre ce qui se passait, c'était trop tard. Il n'y avait plus rien à espérer. On lui avait alors parlé d'un rare cancer du sang. Elle n'avait jamais su qu'elle avait été la victime de l'avidité d'un grand laboratoire pharmaceutique qui appartenait à 100 % à une fondation de droit hollandais, pays où l'on n'est pas obligé de dévoiler le nom des dirigeants des fondations !

Personne ne saurait jamais qui avait tué ma mère. Ces monstres, qui dirigeaient le monde, avaient tué ma mère. Les patrons de labo, les financiers, les technologues : les vrais puissants, les Sombres.

La digue avait lâché ; le tsunami commençait. J'allais détruire cette firme pharmaceutique et bien d'autres. Sans précipitation. Calmement. Les conduire tous à la ruine et au déshonneur.

Et plus encore : j'allais reprendre, à ma façon, le combat de mon père. Sans sa naïveté et sans s'attaquer aux puissants de façade. Nous allions détruire tous les Sombres, discréditer tous les Illusionnistes, réveiller tous les humains. En préparant tout cela avec soin. Nous donnerons à notre opération le nom de code de « Monde bienheureux » pour reprendre la formule de mon père.

Oui, mais concrètement, que faire ? Allions-nous agir démocratiquement ou bien était-ce trop tard ? Pourrions-nous lancer une grande campagne pour une grève mondiale de la production et de la consommation de tout ce qui empoisonne le vivant ? Allions-nous organiser des manifestations de masse ? Assassiner des dirigeants ? Qui parmi nous était prêt à se sacrifier pour que l'humanité survive ?

J'ai commencé à élaborer tout un plan, à organiser les moyens de le réaliser, à réunir les plus déterminés des Vivants. Nous aurions très peu de temps pour réussir avant que les Sombres ne comprennent notre projet, nous retrouvent et nous détruisent.

Deux ans plus tard, en 2021, pour détourner les soupçons loin d'Elmer Ehud, professeur de fac à Paris, fils d'une professeure de piano et né d'un père inconnu, je me suis installé, sous le nom de

Georg Elyes, comme ornithologue d'origine libanaise, dans un petit hameau près de Saumane, en Provence, proche d'une réserve naturelle d'oiseaux migrateurs. J'ai construit à ce Georg Elyes une identité, un passé, des parents, toute une vie. C'est lui qui allait mener les Vivants et qui organiserait les premiers attentats contre les Sombres. Car c'était décidé, nous allions passer à l'action.

Je prenais un risque en reprenant ainsi le nom de mon père. C'était pourtant un acte de défi parfaitement inoffensif car personne ne pouvait faire le lien entre moi et ce professeur de littérature comparée de Beyrouth. Il ne m'avait jamais reconnu, je ne l'avais jamais vu. Il n'existait aucune trace de lien entre lui et moi ; même si on remontait à mon héritage, il venait d'un donateur inconnu.

Elmer Ehud et Georg Elyes ont vécu alors trois années en parallèle. Personne ne pouvait faire le lien entre l'un et l'autre. Ils étaient très différents dans leur façon de s'habiller, de se coiffer, de parler, dans leurs sujets de préoccupations.

Personne ne saurait jamais que Georg Elyes, l'ornithologue de Provence, qui se préparait à passer à l'action terroriste, était aussi un professeur parisien un peu farfelu, qui dissertait sur la révolution et qui allait bientôt faire parler de lui comme lanceur d'alerte.

Changii, à qui j'ai fini par tout raconter a renoncé à rêver aux extraterrestres, a quitté son laboratoire de Marseille et s'est lui aussi installé à Saumane sous son pseudonyme, Changii Ylang, délaissant son vrai nom de George Asserian. Il s'occupa de préparer nos couvertures numériques.

J'ai commencé à identifier les gens dont nous aurions besoin, d'abord parmi ceux avec qui j'avais travaillé autour de mes cours. J'avais pu tester leur engagement. Je savais ce que je pouvais leur demander. Je leur ai proposé de rejoindre Georg Elyes. Quarante-trois d'entre eux l'ont fait. Des informaticiens, des sociologues, des économistes, des financiers, des lobbyistes, des militaires ; puis nous avons élargi le cercle et nous avons commencé à recruter sur le Darknet : des mercenaires. Beaucoup de mercenaires. Les meilleurs. Changii en a recruté beaucoup sans moi et a pris soin de cloisonner au maximum nos activités, chaque équipe avait son rôle et ne connaissait pas les autres. Dornier était l'un d'entre eux. Où est-il maintenant ?

C'est à Saumane, en 2023, que j'ai rencontré Eloa Rambaud. En faisant quelques courses à la seule épicerie du village, j'ai remarqué une jeune femme rousse. De longues tresses, des yeux bleus très clairs : elle semblait russe ou ukrainienne. Elle m'a souri. Nous avons parlé. Elle était née vingt-cinq ans plus tôt à Bordeaux, dans une famille de médecins. Elle avait rompu avec eux. J'ai perçu chez elle comme une rage intérieure. Profonde. Qu'elle masquait. Bien plus qu'une amertume, une grande colère. Il y a trois ans, elle était venue s'installer à Saumane, où elle vivait de ses sculptures qu'elle exposait dans le monde entier.

Je lui racontai que j'étais professeur d'ornithologie, d'origine libanaise, et que j'avais décidé de quitter l'enseignement pour m'installer ici et écrire. Je lui ai parlé de ma mère, décédée d'un banal cancer. Et de mon père, un professeur mort dans un accident d'avion à ma naissance. Je me laissai emporter par son charme. Première passion. Pas question de la laisser trop m'approcher. Il fallait que je me concentre sur ce que nous avions à faire. Elle aussi semblait sur ses gardes. Elle ne voulait pas d'une relation autre qu'amicale. Et cela m'arrangeait.

Pendant ce temps, la situation mondiale évoluait très vite : tout de suite après les élections présidentielles de novembre 2024, Donald Trump, qui venait de battre Joe Biden alors qu'il avait été condamné par un grand jury, à dix ans de prison, obtint le pardon du Congrès et annonça qu'il allait mener une guerre radicale contre la drogue et le crime. Sa solution, proclamée lors de sa campagne, consistait à envoyer en prison tous les étrangers en situation illégale, tous les dealers de drogue, tous les passeurs de Fentanyl à la frontière mexicaine ; il annonça pour cela la construction de deux millions de nouvelles places de prison. Comme promis dans sa campagne, il encouragea les États qui le voulaient à interdire toute manifestation, privée ou publique, d'une identité LGBTQ. Il mit en œuvre le retrait des troupes américaines de Pologne et de Roumanie et l'arrêt de tout envoi d'armement à l'Ukraine. Les Allemands et les Français, en panique, décidèrent de lancer un grand programme de production de munitions. Trop tard. Les troupes russes préparaient une nouvelle offensive, qu'ils pensaient finale. Les Ukrainiens se déclarèrent prêts à combattre mètre à mètre jusqu'au dernier. Le pape alla à Donetsk pour s'interposer. En vain. En France, Marine Le Pen, déjà en campagne et ultra-favorite, demanda l'arrêt de toute aide à l'Ukraine et, grâce à cela, fit un bond dans les sondages. En Israël, Benyamin Netanyahou fut battu à des élections surprises, et il était vraisemblable qu'il n'échapperait pas à la prison. En Chine, Xi annonça qu'il ne pouvait plus tolérer la présence américaine à Taïwan ; ni non plus la présence russe à Vladivostok, « deux formes insupportables de colonialisme ».

Le 22 janvier 2025, le forum de Davos fut annulé quand, à la veille de son ouverture, l'hélicoptère qui transportait le grand patron d'un laboratoire pharmaceutique suisse et celui de Morgan Stanley explosa en vol entre Zurich et Davos. Malgré les tentatives que firent les autorités suisses pour prouver qu'il ne s'agissait que d'un accident, plusieurs médias américains affirmèrent, preuves à l'appui, que cela n'était pas le cas. Pourtant, personne ne revendiqua l'attentat. Les Sombres avaient perdu deux des leurs, et non des moindres.

Nous n'y étions pas pour rien.

Mais c'était trop tôt. Cet attentat était une imprudence.

Et c'est là que tout a commencé à mal tourner pour nous.

Le 5 mars 2025, une fuite dans les médias américains annonça que la CIA soupçonnait un certain monsieur Elyes, dont ils ne savaient rien, pas même le prénom ni la nationalité, d'être à l'origine de cet attentat en Suisse. Et que cet Elyes agissait au nom d'un groupe islamiste fondamentaliste, dont la base était en Afghanistan, où il faudrait sans doute redéployer des troupes, pour l'éliminer. Cet Elyes, dont nul ne savait rien, devint alors très populaire auprès d'une grande partie de la jeunesse mondiale.

Comment le nom de mon père avait-il pu arriver jusqu'à la CIA ? Pourquoi parlaient-ils d'Afghanistan ? En faisaient-ils un prétexte pour justifier un retour des troupes américaines au pays des talibans ? Avaient-ils fait le lien avec les actions de mon père, trente ans plus tôt ?

Changii s'inquiétait : beaucoup des nôtres ne répondaient plus. Ils avaient sans doute été arrêtés et les Sombres ne tarderaient pas à nous débusquer. Il me pressait de fuir. Je n'ai pas voulu : où aller ?

Nous avons alors renforcé notre défense. Chacun de nous a pris un alias, qui constituait désormais sa véritable identité parmi les Vivants. J'ai transféré la gestion de ma fortune à un trust secret que dirigeait Changii.

Le 7 juin 2025, un homme est venu interroger des habitants à Saumane, à propos d'un certain Georg Elyes qui, semblait-il, habitait dans la région. Il s'est présenté comme Isel Dolto, journaliste. Dolto ? Le même nom que le chef de l'agence de mercenaires, Yarkon Dolto qui, selon ma mère, avait fait assassiner, vingt-huit ans plus tôt, toute la famille de mon père, et qui avait provoqué son assassinat ! Était-ce son fils ? La police avait-elle fait le lien entre Pierre Elyes et moi ?

Il était temps de mettre en œuvre notre plan, au moins me concernant : disparaître pour quelque temps.

Le 10 juin 2025, un jour de grande tempête, un certain Georg Elyes alerta les garde-côtes britanniques qu'il allait se suicider en faisant sauter le bateau où il se trouvait, au large de l'île de Man. En approchant dans leurs hors-bords les garde-côtes virent un homme agiter les bras, puis le bateau exploser. Les photos prises avant le drame montrèrent le visage d'un homme qui ressemblait beaucoup à Georg Elyes. On ne retrouva jamais son corps. Et on conclut au suicide en pleine mer. On le pleura dans d'innombrables universités et camps de terroristes du monde entier.

Un mois plus tard, sur les réseaux sociaux, un lanceur d'alerte anonyme fit des révélations explosives sur de prétendus pactes de corruption impliquant la famille Trump, le Président lui-même, plusieurs sénateurs américains et des ministres allemands. En révélant au passage des mécanismes parfaitement crédibles de financement de l'armée de l'air américaine et des contrats d'exportations d'armes allemandes vers d'autres pays de l'Otan. Avec des sources très crédibles, des documents, des photos, des enregistrements de diverses voix, dont celle du Président, sollicitant ou acceptant des financements occultes.

Tout cela était faux. Et avait été totalement fabriqué par nos soins. Donald Trump avait démenti mais personne ne le croyait. Une nouvelle affaire menaçait à nouveau de l'envoyer de la Maison-Blanche à la prison.

Selon la police et les médias, ce lanceur d'alerte avait laissé maladroitement assez de traces pour qu'on l'identifie assez vite : Ehud Elmer, un professeur de faculté illuminé, à Paris.

J'ai été interpellé chez moi à Paris, à grands renforts de caméras, de journalistes et de policiers en gilet pare-balles. Personne ne se douta que j'étais aussi le chef d'un très grand réseau terroriste planétaire, bien décidé à les détruire : le fameux Georg Elyes que tous pensaient mort en mer.

J'ai été immédiatement transféré dans cette toute nouvelle prison secrète que l'Otan venait d'établir à Berlin. J'étais convaincu que les Sombres savaient que les secrets que j'avais révélés n'en étaient pas, et qu'ils me libéreraient assez vite. Il n'en a rien été. Sans doute avais-je, malgré moi, révélé des turpitudes bien réelles.

Changii n'a pas mis très longtemps à me localiser. Trois tentatives d'évasion ont échoué.

Cette fois, je sens que cela va aller : les portes de la prison vont s'ouvrir.

Je referme ce cahier et je les place dans mon sac. Je suis prêt.

23 janvier 2029, 9 h 59

Changii a réussi. Les portes de la citadelle de Pankow se sont ouvertes en silence.

Pendant trois minutes, tout le monde dans la prison est resté pétrifié. Pas moi : le gardien qui m'avait fait un signe pendant la dernière fouille, est venu me chercher, avec un message qui ne pouvait venir que de mon ami : « Il est temps de bâtir mon observatoire et d'aller chercher la vie ailleurs. » À plusieurs reprises, sur le chemin, d'autres gardiens, très nerveux, m'ont demandé de lire un passage précis, chaque fois différent, de mon récit ; comme pour vérifier qui j'étais. Visiblement ils savaient tout de moi. Par Changii ? La moindre erreur et il m'aurait tué. À la sortie, le dernier gardien me poussa dehors, un peu avant que n'éclatent les premiers tirs.

4 février 2029

Ce furent deux semaines intenses.

Dans une confusion totale, au milieu de hurlements de sirènes, de cris de policiers, d'embouteillages, de détenus évadés, d'aboiements de chiens, une femme, vêtue d'une veste que j'avais vue sur Eloa trois ans plus tôt, au-dessus d'une chemise et d'un pantalon de jean, est venue me récupérer. Sur la place, devant la prison.

Sans un mot, elle m'a poussé dans le coffre d'une voiture. Après une longue route, elle m'en a sorti ; sans un mot. Nous avons roulé encore un moment dans une forêt dense. Nous sommes arrivés en vue d'une sorte de château gothique, au bord d'un lac ; un de ces manoirs prussiens comme il en existe plusieurs autour de Berlin. Elle m'a laissé seul dans le parc, en désignant des gardes tout autour : les nôtres, me fit-elle comprendre d'un signe de la tête.

Je respirais à pleins poumons pour la première fois depuis trois ans. Je remarquai beaucoup d'oiseaux nouveaux dans le ciel. J'avais tellement de joie à les reconnaître : des rossignols prognés, des pygargues à queue blanche, des palombes, des grèbes jougris.

Je n'avais pas perdu mes repères. Ma douleur à la hanche s'est évanouie. Une voiture approcha. Les gardes n'ont pas eu l'air d'y prêter attention. Deux personnes en descendirent : Changii, à 37 ans, était toujours le même jeune homme assuré, au regard d'un bleu presque transparent ; seule sa coupe de cheveux avait changé : il était maintenant coiffé très court, presque ras. J'avais oublié qu'il était si petit.

Eloa était plus lumineuse encore que dans mon souvenir. Elle avait la même natte, ses yeux encore plus sombres et déterminés faisaient paraître sa détermination plus intense. Elle n'est plus rousse…

Tous les deux sont habillés d'un jean et d'une chemise bleus. Les mêmes que celui de la femme qui m'a récupéré à Pankow et que ceux des gardes. Ont-ils instauré un uniforme, parmi les Vivants ?

Ils tombent tous les deux dans mes bras. On se serre en silence à s'étouffer.

Ils m'entraînent à l'intérieur. Ils ont de lourds bagages.

Au dîner, ils devinent que je leur en veux de m'avoir fait attendre aussi longtemps.

— Le système de sécurité de la prison s'est révélé très complexe et l'argent n'achète pas tout, tu sais…

Je ne dis rien de mes souffrances, de ma solitude, de mon attente, de la chance que j'ai eue de conserver une cellule individuelle et d'être mieux traité que beaucoup d'autres. Je me contente de leur raconter ma rencontre avec Dornier. Était-il des nôtres ? Changii confirme : un personnage considérable, qu'il avait recruté et que j'avais à peine croisé. Il avait été arrêté au moment où il finalisait notre plan de retrait, qu'il était encore le seul à connaître.

Les Sombres m'avaient placé dans sa cellule, espérant qu'il ferait l'erreur de tout révéler de notre réseau. Il ne l'a pas fait et a préféré prendre le risque de mourir, plutôt que de tomber dans leur piège. Il avait trouvé une façon de me faire connaître son plan, en araméen ! Impossible de savoir ce qu'il est devenu. Changii confirma qu'il ne faisait pas partie des prisonniers récupérés à la sortie.

Les deux ont bien travaillé pendant ma détention : en trois ans, avec l'argent que je leur ai laissé, ils ont rassemblé tous les Vivants dont nous avons besoin. Ils sont environ deux mille cinq cents maintenant dont quarante-trois chefs. Nous avons désormais toutes les armes, tous les moyens, tous les réseaux, tous les plans, toutes les listes pour lancer notre action ; nous allons pouvoir détruire les Sombres et construire le « Monde bienheureux ».

Et c'est plus urgent que jamais. Changii me raconte le monde tel qu'il est devenu depuis mon arrestation : la situation mondiale n'a fait qu'empirer. Le dérèglement climatique s'est partout aggravé, les riches sont de plus en plus obscènes. Le dernier iceberg a fondu, en direct devant les caméras du monde entier. Aux États-Unis, Donald Trump, élu en novembre 2024, a été réélu en novembre dernier, en obtenant de la Cour suprême qu'elle juge que la limitation à deux mandats ne valait que pour deux mandats consécutifs ; il a réussi encore à écarter la menace de la prison en faisant voter une fois de plus son pardon par un Congrès à sa botte ; il a fait de la lutte contre l'homosexualité un point central de sa campagne ; malgré l'arrestation de plus d'un million de personnes, en application de son programme, la drogue fait toujours de terrifiants ravages en Amérique ; les plus riches sont ouvertement aux commandes du pays ; les fonds d'investissement convoquent à présent les sénateurs et les représentants dans leurs bureaux au moindre problème et leur imposent des investissements massifs dans le charbon, le pétrole, le gaz et les schistes bitumineux. Elon Musk a déchiré son passeport américain et créé une monnaie qu'il veut mondiale ; il fait voter tous les jours, sur tous les sujets sur X, sans qu'on puisse vérifier si le résultat du vote qu'il annonce est le vrai. Il n'empêche : les gens y participent, nombreux, et de plus en plus de décisions politiques, dans le monde, sont influencées par ces simulacres de démocratie directe.

À Moscou, en février 2028, Vladimir Poutine a été renversé par un complot de quelques généraux, travaillant pour des oligarques qui ont vite proclamé leur désir de faire de la Russie une démocratie d'apparence, et de gagner ainsi encore davantage d'argent. La guerre avec l'Ukraine s'est enlisée, après un cessez-le-feu fragile. Les troupes de Pékin ont occupé Vladivostok sans que Moscou ne réagisse. Après une violente attaque informatique, d'origine inconnue, qui a totalement paralysé les forces américaines en Asie, les troupes chinoises ont débarqué à Taïwan ; mais la résolution rapide de la panne informatique a permis aux États-Unis de se ressaisir et, à leur tour, d'interrompre les communications entre les forces armées chinoises débarquées et leurs états-majors restés sur le continent. Les troupes communistes ont dû se retirer, dans le plus grand désordre. Quelques mois plus tard, pour de mystérieuses raisons de santé, Xi a démissionné et a été remplacé par le maire de Shanghai.

Le Moyen-Orient qui n'est plus gangréné par l'islamisme, a créé son propre Marché commun, de l'Iran à Oman, du Liban au Qatar, d'Israël à l'Éthiopie. La région serait florissante si le climat n'y était très largement insupportable huit mois sur douze et si les États-Unis, la Russie et la Chine ne faisaient pas tout pour lui nuire.

L'Union européenne est maintenant, plus encore qu'il y a trois ans, gangrenée par les narco-trafiquants qui contrôlent de nombreux ports de l'Union, dont Rotterdam, Anvers et Le Havre. En Allemagne, règne un pouvoir social-écologiste-pacifiste-xénophobe et nationaliste, qui ne veut plus ni d'une défense européenne ni d'un soutien américain. La Belgique est dominée par des minorités en Wallonie, et par l'extrême droite alliée aux trafiquants de drogue en pays flamand. Les Pays-Bas résistent un peu mieux, mais une alliance du même genre, où les extrêmes s'allient aux gangs, dirige et manipule l'opposition. Après l'échec catastrophique du gouvernement Melloni, l'Italie s'est ressaisie : les partis démocratiques ont repris le dessus, grâce à une presse restée vivante ; elle est maintenant gouvernée par des sociaux-démocrates dirigée par le nouveau maire de Vérone qui voient leur avenir hors de l'Union européenne et se tournent de plus en plus vers l'Afrique et le Moyen-Orient.

En France aussi, il s'est passé beaucoup de choses : les émeutes se sont multipliées, pour d'innombrables prétextes ; des affiches ont recouvert tous les murs, demandant au Président de démissionner, « Cinq ans, c'est trop long » ; il refusa de le faire, parlant même de son désir d'un troisième mandat. Ses gouvernements successifs ont continué à naviguer à vue. Les partis qui le soutiennent n'ont pas réussi à se mettre d'accord sur le choix d'un candidat pour l'élection de mai 2027. Gérald Darmanin, Édouard Philippe, Gabriel Attal et Bruno Lemaire se sont présentés, comme Jean-Luc Mélenchon et Raphaël Glucksman, qui se retrouva au second tour contre Marine Le Pen. Fin mai 2027, elle l'emporta de peu et gagna dans la foulée les législatives de juin. Après deux premières années sans faute majeure, sinon des déficits abyssaux, en cachant bien son jeu, elle venait, m'expliquèrent-ils, de faire rétablir par référendum la durée du mandat présidentiel à sept ans, renouvelable. Elle pourrait donc, disent les constitutionnalistes, se faire réélire en 2032 pour un septennat, et même, prétendent certains, puisque la Constitution a changé, se faire encore réélire en 2039 jusqu'en 2046.

En Afrique, les coups d'État se sont multipliés : au Congo, en Guinée, au Cameroun, en République démocratique du Congo, au Kenya, au Zimbabwe, en Éthiopie. Jusqu'à trois coups dans certains pays. Pendant que les nouveaux maîtres de ces pays dénoncent l'Europe, des dizaines de millions de gens traversent des déserts et des mers pour émigrer.

Partout, les droits des femmes sont remis en cause. Dans de nombreux pays, la polygamie des hommes reste largement admise ; celle des femmes l'est aussi maintenant dans quelques pays d'Europe dont l'Espagne où le changement de sexe est légal dès l'âge de 14 ans. L'intelligence artificielle s'est diffusée partout. Les jeux vidéo, de plus en plus sophistiqués, ont pris une importance considérable dans toutes les dimensions de la vie : distraction, éducation, santé, politique.

Eloa surenchérit, plus véhémente encore :

— Ces gens-là ne sont que des Illusionnistes. Ils mentent, répandent de fausses nouvelles, discréditent ou assassinent les activistes. Ils ne trompent plus grand monde ; ils ne font qu'animer un théâtre d'ombres, qui n'aura jamais aucun impact réel sur le monde. Ils s'agitent, comme des boules de flipper, d'une tribune à une autre, d'un plateau de télévision à un autre, d'un sommet à un autre, ils font des déclarations tonitruantes, persuadés que tout le monde va les oublier dès le lendemain, jusqu'à ce que les peuples déçus les chassent pour mettre d'autres Illusionnistes à leur place. Notre analyse est plus juste que jamais : les Sombres sont de mieux en mieux connectés, regroupés, informés ; toujours plus riches, puissants, cachés. Ils contrôlent tout ; ils sont presque tous des hommes. Ils diffusent d'innombrables fausses nouvelles, expliquent qu'il n'y a pas de dérèglement climatique, détournent les colères quand elles deviennent menaçantes vers des sujets annexes, provoquent les émeutes des classes moyennes qui réclament plus de moyens de circuler, de se distraire, pour oublier leur misère, les dérèglements du climat, la disparition de la biodiversité, et en particulier de nombreuses espèces d'oiseaux. Et, avec tout ça, les Sombres engrangent d'immenses plus-values sur les marchés financiers. Les humains sont de plus en plus surveillés, assommés de drogues chimiques et de jeux vidéo. Impossible d'éveiller les consciences quand les gens ont peur de ne pas avoir à manger le lendemain et sont fascinés par des joueurs de foot réels ou virtuels, ou par des voleurs de trésors imaginaires sur Mars. Il faut agir vite avant que tout soit perdu.

— Non, reprend tristement Changii, c'est en 2025 au plus tard qu'il aurait fallu agir et organiser le Grand Virage. Mais nous n'étions pas prêts. Je pense qu'il est trop tard maintenant. L'évolution est irréversible.

Eloa l'interrompt :

— Mais non ! Et il n'est pas trop tard ! Il ne faut pas renoncer, on peut encore briser la machinerie de ces monstres. Il ne faut jamais renoncer !

20 février 2029

J'avais prévu de dire à Eloa que j'admirais le chemin qu'elle avait parcouru pour devenir ce qu'elle est maintenant, que ce serait merveilleux si chacun pouvait faire de même ; et qu'elle m'avait manqué plus que tout en prison ; et que, face aux tortures et aux horreurs, seul le souvenir de son visage, de ses mains, de son corps que je n'avais jamais effleuré et de ses mots m'avait permis de tenir.

Je n'ai pas osé. J'ai compris ce que j'aurais dû deviner depuis longtemps : elle est amoureuse de Changii et lui ne semble pas y attacher de l'importance.

Pourquoi les gens n'aiment-ils si souvent que ceux qui ne les aimeront jamais ? Pourquoi ne voulons-nous que ce qui nous est interdit ?

Je n'arrive pas à être triste, ni malheureux, ni jaloux. Eloa, comme chaque personne qui passe dans ma vie, même quand tout nous sépare, me laisse un peu d'elle-même, comme je lui laisse un peu de moi. Et sa présence, après tout, m'aura permis de survivre pendant ces trois années de désespoir.

21 février 2029

Presque un mois déjà depuis ma sortie de prison. Il nous faut un lieu ou regrouper les chefs des Vivants autour de nous, et coordonner les actions. Impossible de rester en Allemagne. Trop dangereux. Pas question non plus de rejoindre l'Italie, encore à peu près démocratique où Changii voulait que nous allions : les frontières sont fermées, très bien gardées et très surveillées. Nos hommes ne veulent pas prendre ce risque. Où aller ? Improviser ? Je déteste ça. J'ai toujours tout prévu longtemps à l'avance. Nous risquons de tout perdre. D'être retrouvés et arrêtés.

Je repense à Dornier : Changii avait dit qu'il était chargé de nous trouver un point de repli et il m'avait dit, juste avant qu'on le change de cellule : « Ils te chercheront partout jusqu'à la fin des temps. Va retrouver Guillaume d'Almace, Pierre d'Albeges, Clément de Metz et Elzéar de Rastel. Ils reposent là où la lumière se mêle à la lavande ; tu y seras bien accueilli. » Je n'avais jamais oublié ces mots.

Il ne nous fallut pas longtemps pour trouver que ces noms étaient ceux de quelques-uns des supérieurs, qui s'étaient succédé pendant mille ans, à la tête d'une abbaye cistercienne de Provence, Notre-Dame-de-Sénanque, au fond du Luberon. Quel rapport avec nous ? Changii dit que c'était absurde, que Dornier devait délirer. D'ailleurs, il n'avait jamais vraiment eu confiance en lui. J'hésitai. C'est Éloa qui trancha : on ira à Sénanque.

C'est un plan très intelligent. L'endroit est discret. Personne ne nous y cherchera. Si on doit s'enfuir, il y a des grottes un peu partout.

27 février 2029

Eloa avait raison.

Nous étions attendus. Qui avait prévenu ? Dornier était-il toujours vivant ? S'était-il échappé en même temps que moi de la prison de Pankow ? Personne, parmi les moines de Sénanque, ne paraît intéressé par ces questions. Pour eux, nous sommes, semble-t-il, des pèlerins comme les autres. Personne ne peut deviner que les quarante-trois personnes arrivées séparément pour une retraite dans ce couvent oublié au fond d'un vallon de Provence sont les chefs des Vivants et comptent parmi les terroristes les plus recherchés par toutes les polices du monde dont un évadé d'une prison allemande de haute sécurité.

En février, l'endroit est déserté par les touristes. Et aucun autre groupe en retraite n'est attendu pour le moment. En tout cas, place nette a été faite pour nous. Je regarde avec admiration et incompréhension ces reclus : pensent-ils vraiment qu'ils vont sauver le monde par des prières ? N'ont-ils pas compris, depuis deux mille ans, que cela ne sert à rien ?

Nous occupons toutes les chambres disponibles. Les moines n'ont pas semblé surpris quand nous avons refusé de fixer la date de notre départ.

Nous avons installé nos ordinateurs et nos serveurs. Changii a vérifié : le couvent n'est pas sur écoute. Il prend des précautions supplémentaires : tous nos messages sembleront venir d'une source qui change dès qu'on l'approche. Comme dans une jungle de miroirs. Si nous savons être prudents, ne pas nous montrer pendant les heures de visite, personne ne pensera à nous chercher ici.

Nous allons pouvoir lancer toute l'action. Et commencer. Enfin.

Il fait chaud, quinze degrés au-dessus de la normale, pour un mois de février, au fond d'un vallon de Provence. La petite rivière qui coule tout à côté, la Sénancole, est presque à sec. C'est dingue…

On vient d'apprendre que le patron de BlackRock, qui a déjà acheté le quart du territoire de la République démocratique du Congo pour compenser les émissions de gaz à effet de serre de ses investissements, a aussi acheté, à titre personnel, malgré ses démentis, des ruines de Palenque au Mexique, des stèles de l'île de Pâques et des églises souterraines en Éthiopie ; il compte les déplacer dans sa propriété du Montana. Seul le nouveau pape, un Éthiopien, Monseigneur Berhaneyesus Souraphiel devenu Paul VII, a protesté et s'envole pour Addis Abeba, afin de tenter de mettre ces églises sous sa protection.

Je reprends mes exercices quotidiens. Rien d'autre ne calme mes douleurs.

Nous ne sommes pas loin de la tombe de ma mère. Moins d'une heure en voiture. J'ai si envie de m'y rendre ! Elle me manque. Et pourtant, pas question de prendre ce risque. Je me remets au piano. En tout cas, au clavecin de l'église du couvent, quand il n'y a personne.

2 mars 2029

Nous concentrer. Revoir le détail de nos projets. Pour la millième fois, nous examinons l'influence que pourrait avoir chaque action que nous projetons d'entreprendre.

Nous nous préparons d'abord à organiser le discrédit des Illusionnistes, pour qu'ils cessent de se prétendre en charge du monde. Nous avons des dossiers sur chacun d'eux. Ils n'en sortiront pas indemnes. Et ceux sur qui nous n'avons rien, on inventera. Mais les faire démissionner tous ne changerait pas grand-chose à la dynamique mortelle de l'Histoire : il y aura toujours des gens avides des apparences du pouvoir pour les remplacer.

Que rapporterait alors l'élimination physique du président des États-Unis ou de la Chine ? Rien. Ils seraient aussitôt remplacés. Des présidents de la FED ou de la BCE, ou de la Banque du Japon ?

Rien non plus. Ils seraient eux aussi remplacés dès le lendemain.

On prépare aussi l'élimination de quelques-uns des grands patrons qui font évidemment partie des Sombres : celui de Morgan Stanley, de la BNP, de Shell, de Bayer, de Google, de Meta, de Palantir, de Total, de Pfizer. Et d'autres encore : les meilleurs spécialistes de l'IA et de la génomique ? Les passeurs qui exploitent les migrants ?

Pas grand-chose ne changerait, tant que d'autres seront prêts à prendre la relève.

L'assassinat d'un Sombre modifierait-il le comportement des autres ? Sans doute pas au début, parce qu'ils le remplaceraient. Mais justement, ce sont ces « ils » qui forment le cœur des Sombres et qu'il faut débusquer : l'élimination des plus visibles d'entre eux pousserait peut-être les plus importants, aujourd'hui invisibles, à se montrer.

Selon Changii, il faudrait faire cela et bien plus : enlever le patron de la boîte pharmaceutique suisse, qui a pris le relais de celui qui est mort dans l'hélicoptère à Zurich, et qui vend encore l'antidouleur, cause du décès de ma mère. L'enlever et le faire parler. Il confirmerait, dit Changii, que sa firme finance l'extrême droite européenne. On publierait leurs comptes bancaires et on dévoilerait leur corruption.

— Mais si on veut vraiment être radical, continue-t-il, on devrait exiger, par la force s'il le faut, que les capitalistes renoncent à la propriété de leurs titres, et donner leurs biens aux États, aux salariés, ou à une entité mondiale nouvelle. Ce qui permettrait de mettre ces firmes au service des Vivants…

Pour Eloa, tout cela serait de l'enfantillage : personne parmi nous ne sait comment organiser cette expropriation planétaire du capital. Et même si ces firmes appartenaient un jour à des États, ou aux Nation unies, elles devraient encore faire des profits pour survivre ; les nouveaux propriétaires, soi-disant légitimes et équitables, deviendront les nouveaux Sombres. Non, dit-elle, si on veut vraiment réussir, il faudrait commencer par envoyer des espions, pour comprendre de l'intérieur comment casser les mécanismes de leurs pouvoirs, rendre impossible la production d'énergie fossile, de sucre artificiel, de drogue ; comment interdire à jamais la destruction des forêts, des mangroves, et surtout comment faire en sorte que les gens, les humains, cessent de vouloir produire et consommer ce qui les tue et ce qui les asservit.

Nous allons faire tout cela. Nous allons faire en sorte qu'aucun humain ne fasse plus rien qui renforce les Sombres. Et on verra bien où cela nous mènera.

Action.

Deuxième partie

Les Illusionnistes

8 septembre 2026

Je vais bien les baiser, ces connards. Et ils n'auront pas vu venir le coup !

Je vais, à moi tout seul, en finir avec tous les pourris, tous les salauds, tous les profiteurs de misère, toutes les putes, tous les proxos, tous les tueurs à gages et leurs commanditaires.

Je vais dénoncer ceux qui dirigent vraiment cette putain de planète. Et faire tomber leurs idoles, leurs marionnettes, leurs pantins. On se rendra alors compte que le capitalisme, comme les sociétés antérieures, qu'on croyait éternel, n'est qu'une petite merde, un nain trouillard qui ne résiste pas à une petite claque. Le détruire en employant les armes mêmes qu'il utilise : l'avidité, l'addiction, la rivalité, la violence et la perversion. J'en jouis d'avance ! Ces connards n'y verront que du feu. Comme toujours, ils croiront au début que ce n'est qu'une machine de plus pour faire du fric. Et le fric, même s'il est contre eux, cela ne les dérange pas. Ils y voient juste une autre façon de faire grossir leur gâteau. Ces cannibales ont tellement le nez sur leurs comptes, leurs profits, leurs marges, leurs sous, leurs cours de Bourse, leur taux de rentabilité, qu'ils ne comprendront pas que c'est bien autre chose qui se joue là. Et quand ils s'en rendront compte, ce sera trop tard. Je les aurai baisés. Bien profond.

Ce jeu vidéo, auquel je travaille depuis des années, est enfin au point. Il sera en ligne demain. Il est plus que réussi. Un jeu comme on n'en a jamais vu. Beaucoup mieux qu'un AAA, comme on dit dans le métier. Utilisant, bien avant tout le monde, les moyens les plus avancés de la psychologie cognitive, de la réalité virtuelle et immersive. Les personnages réagiront en utilisant l'intelligence artificielle, ce qui les rendra pratiquement indépendants des joueurs ; ils ne seront pas loin d'avoir une conscience propre. Ils apparaîtront sous forme d'hologrammes, pour ceux qui joueront en 3D. Un jeu que personne n'aurait osé imaginer jusque-là. D'un réalisme jamais atteint. Les joueurs ne pourront plus s'en défaire. L'addiction, je l'ai constaté dans les tests, s'installe au bout de quelques minutes. Et après, on est ferré, addict, accro. À mort. Et ils le seront bientôt tous, grands et petits, garçons et filles. Tous.

Je sais y faire. J'ai vu ces salauds à l'œuvre. J'ai travaillé pour eux.

Ce ne sera pas un jeu de plus pour distraire et flatter les bas instincts, pour déclencher une giclée de dopamine, pour faire bander les mous, et les faire jouir en tripotant une manette. Ce sera un jeu pour faire réfléchir, pour réveiller, pour pousser à agir. Au service d'une cause unique : sauver la planète.

N'est-il pas fou que des milliards de gens jouent depuis des décennies à des jeux vidéo, parfois intelligents, le plus souvent vides de sens ou même carrément pervers, et qu'on n'ait pas pensé à s'en servir pour intéresser les humains, à leur avenir, à celui de leurs enfants et de la nature ? N'est-il pas fou que les jeunes, les premiers concernés, préfèrent se trémousser avec leurs doigts rivés sur des manettes imbéciles, plutôt que de chercher à comprendre ce qui se trame dans leur dos ? Notre planète va disparaître et ils jouissent en tuant des zombies virtuels ! Des milliards d'individus passent trois heures par jour à jouer à des conneries, plus d'heures encore à en parler entre eux, et le reste de leur journée à produire de quoi les acheter et à consommer tout ce qui va les détruire. Non mais, quels cons ! Quelle espèce de merde !

Ils sont même assez débiles pour ne pas comprendre pourquoi ce jeu vidéo s'appellera

Un monde bienheureux. Parce qu'ils croient que le monde d'aujourd'hui, où ils vivent leur vie débile, est le meilleur possible !

Alors qu'un monde vraiment bienheureux est encore possible. Où tous les salauds n'auront plus leur mot à dire.

J'ai bien réfléchi avant de me lancer là-dedans : on ne peut plus espérer que les humains agissent à temps, spontanément, raisonnablement pour éviter la catastrophe écologique, sociale, technique, sanitaire, culturelle, démocratique et politique qui s'annonce. Ni même qu'ils s'aperçoivent de la gravité des enjeux, qu'ils échappent à la barbarie qui vient. Ni qu'ils comprennent qui sont leurs vrais maîtres.

L'humanité n'est qu'une vermine. Elle ne mérite pas d'exister. Au rythme actuel, elle n'en a d'ailleurs plus pour très longtemps. Mais la laisser disparaître n'est pas la bonne option : ces connards seraient capables d'engloutir avec eux le reste du vivant. Et ça, pas question : la vie mérite mieux que les humains. Alors, il faut sauver cette espèce misérable, pour qu'elle n'entraîne pas tout le reste du vivant par le fond.

Comment faire ? Ces zombies sont incapables de se sauver eux-mêmes. Ils ne veulent même pas savoir qu'ils ne verront pas grandir leurs petits-enfants. On ne peut pas espérer que ces gogos prennent un jour la décision lucide de cesser de brûler du pétrole, de manger du sucre, des snacks, des charcuteries et toutes ces merdes ; ni qu'ils cessent, par miracle, de consommer tous les poisons qu'ils inventent.

On ne peut pas espérer non plus que ces misérables, qui sont incapables de ne pas se fâcher avec leurs voisins de palier, comprennent un jour qu'il est de leur intérêt à eux de laisser aux prochaines générations les moyens de vivre. Ces nuls ne feront rien non plus pour que les religions et les partis politiques cessent d'être des machines à fabriquer des fanatiques et des tyrans. Aux États-Unis, ils ne se sont pas mobilisés pour éviter le retour au pouvoir de Trump, ni pour l'empêcher d'appliquer son programme suicidaire. En Chine, le peuple ne se rend pas compte que le parti communiste les mène droit dans le mur. Et en France, ils ne se mobiliseront pas non plus avant l'élection présidentielle de l'année prochaine, qui sera un raz de marée pour l'extrême droite ; ou même avant, si cette politique de merde continue.

Et quand ils ne sont pas fanatiques, ces débiles ; ils s'enferment chacun dans sa bulle, où ils ne laissent plus entrer personne. Ils sont comme des rameurs dans une barque, trop occupés à chahuter et à aller plus vite que la barque d'à côté pour se rendre compte que le courant est de plus en plus rapide, et qu'ils seront bientôt précipités dans une chute gigantesque. Niagara, c'est un tout petit filet d'eau, comparé à ce qui les attend.

On ne les sortira pas de ces mâchoires du diable en leur disant de lire, d'étudier, de pratiquer un sport, de manger sainement, de militer pour une bonne cause. Ce sont des conneries, tout ça. Ça ne marchera jamais. On ne les secouera vraiment que si on les prend à leur propre piège, en allant les chercher là où ils sont : dans leur merde numérique. En les attirant sans qu'ils s'en aperçoivent vers un truc qui les fascinera, les fera jouir et les amènera tout droit là où ils ne veulent pas aller.

Ça, c'est mon idée : utiliser le système qui les baise pour baiser le système !

Comme ça, sans qu'ils le remarquent, on leur fera prendre conscience qu'ils ne sont que des ectoplasmes, qu'ils pédalent vers leurs tombes, qu'ils nourrissent leurs maîtres avec leur sang, qu'ils sont les fossoyeurs de leurs petits-enfants.

Il faut utiliser leur lâcheté : déjà, ils chient presque tous dans leur froc à l'idée de mourir. Eh bien, on va leur montrer que leur mort n'est plus si lointaine. Que, s'ils continuent ainsi, leurs enfants auront une vie de merde, de vraie merde, et encore plus brève que la leur. Ça ne sera pas une vie, juste une diarrhée. Qu'il faut qu'ils se réveillent, qu'ils se battent contre un système qui les assassine, qu'ils sont en état de légitime défense. Et leur montrer tout ce qu'il y a à faire pour que ça change.

Et pour ça, je ne vais pas leur parler de politique, de lutte des classes ou d'écologie. Ça les emmerde et ils n'écouteraient pas, de toute façon.

Non, je vais juste les faire jouer à un jeu vidéo hyper addictif, où ils auront à se démerder dans un monde où le pire serait arrivé : le climat sera devenu dingue ; l'extrême droite sera au pouvoir en France et aux États-Unis ; le Parti communiste chinois aura attaqué ses voisins ; l'Afrique sera à feu et à sang ; des dizaines de millions de gens auront émigré vers l'Europe.

Ils seront vraiment mal. Et ce ne sera pas dans cent ans, non : ça se passera dans trois ans. Trois ans après que le jeu aura été mis en ligne.

Ce ne sera pas un jeu d'aventures comme tous ceux auxquels j'ai joué pendant longtemps ; ou comme j'en ai conçu beaucoup moi-même, depuis quinze ans, dans cette industrie pleine d'artistes et de cyniques, de pervers et de naïfs. Pas un jeu de combat, ou de sport. Pas un de ces jeux stupides où l'on n'apprend rien. Pas un de ces pièges qui vous rend accro sans vous nourrir et vous laisse ensuite déprimé, une console à la main. « Console. » Quel nom révélateur…

Pas même non plus un jeu éducatif, comme il en existe quelques-uns, où l'on ne fait que se promener dans le passé. Pas non plus un jeu de science-fiction : à quoi ça sert, franchement, d'apprendre comment conquérir virtuellement une planète lointaine si la nôtre est en train de mourir ? C'est pathétique !

Ce sera un jeu multijoueur, comme il y en a tant maintenant, mais pas comme tous les autres, qui, sous couvert de prôner et d'organiser la coopération, ne font en réalité qu'inciter les joueurs à s'entretuer, même au sein d'une équipe : des monstres restent des monstres, même quand ils jouent.

Ce jeu sera puissamment addictif, plus encore que les pires jeux d'aujourd'hui ; mais ce sera pour la bonne cause : sensibiliser des milliards de gens, et pas seulement des adolescents attardés, aux enjeux de l'avenir. Sans prise de tête, sans qu'ils s'emmerdent devant une leçon chiante bramée par des profs, honnêtes, compétents mais imbitables. Pour dévoiler à ces ignares, à ces bovins, à ces connards, à ces aveugles, les terrifiantes interactions, dont ils ne veulent pas entendre parler, entre le changement climatique, la faim, la soif, la misère, les migrations, les inégalités, le viol des femmes et des enfants, l'aliénation de tous, l'inflation, la chute du niveau de vie, le chômage, la propagation des épidémies, des famines et des guerres, la montée des populismes et des fanatismes et l'avènement des dictatures. Pour leur faire comprendre, à tous ces imbéciles hypnotisés par des faux matchs de foot, qui prennent leur pied en commettant des assassinats virtuels, que même ces petits plaisirs sadiques ne dureront pas. Que bientôt ils n'auront plus les moyens d'avoir des hôpitaux, des écoles, des stades ; ni même de l'eau et du pain ; et encore moins des jeux vidéo. Que la vie n'est pas un jeu et qu'ils courent à la vraie catastrophe s'ils restent assis le cul sur leur chaise, à manger des chips, à se droguer en tapant sur leurs petits boutons.

Quels connards sommes-nous pour laisser ces salauds assassiner ainsi la vie ? Si ça arrive, on ne pourra pas dire qu'on n'a pas été prévenus. Et on l'aura mérité.

J'enrage. Nous avons transformé la Terre en une putain de poubelle. Nous mangeons avec délice les poisons qui font les affaires des vrais puissants, qui eux se gardent bien d'en consommer.

Je n'ai pas d'enfants et c'est bien comme ça. La vie ne nous mérite pas.

Qui sont les plus coupables ? Ceux qui font de la politique ? Ceux-là ne comptent pas, ils sont nuls. Les dirigeants d'entreprise ? Pas davantage. Ce sont des mercenaires, des esclaves bien mieux payés que les autres. Les vrais coupables, je les appelle les « Sombres », parce que, derrière le décor, ils manipulent tout. Ce ne sont pas seulement des gens très riches ou très puissants, ce sont aussi des mécanismes, des règles du jeu, qui conditionnent des comportements et qui prescrivent aux humains d'avoir certaines attitudes, certains désirs, certaines ambitions. Ces règles disent : « Soyez les plus visibles possible, soyez les plus forts possible, les plus riches, les plus puissants. Montrez-vous. Prenez tout ce qui vous plaît. Ne vous occupez pas des autres. Faites des jaloux. Jouissez de leurs malheurs et de leurs haines. Et éliminez tous ceux qui vous gênent et vous jalousent. Si vous ne le faites pas, c'est vous qui serez annihilés, bazardés, jetés aux chiens. »

C'est tout ça qu'il faut bazarder. Et il ne faudra pas se contenter des réponses habituelles, quand on propose de tenter quelque chose contre le système. J'en ai assez entendu des : « On ne peut pas faire autrement ! » Et des : « Il faut bien passer le temps ! »

« Passer le temps… » Quelle phrase de connard ! Le temps file sans nous. Il nous tue. Oui, c'est ça : le temps tue la vie. Il n'a pas besoin d'elle. Il n'a besoin que de lui-même, dans le silence de l'univers.

L'univers. Ça, c'était mon vrai métier. Avant. Et je sais, moi, que l'univers n'aime pas la vie, qu'elle y a surgi par accident et qu'il utilise tout, et surtout la bêtise des vivants, pour s'en débarrasser. Partout.

Le temps fait taire tout le monde, jusqu'à rétablir le silence, le silence universel, où il sera le seul maître.

*

Comment en suis-je arrivé là ? Comment ai-je construit ce jeu ? Quels sont mes secrets ? Ce qui suit explique tout. C'est le récit de ma vie jusqu'à aujourd'hui, 8 septembre 2026, veille du lancement de mon jeu. Qui ne se comprend qu'en connaissant l'histoire de ma vie. Je ne confie ce texte qu'à mon cloud personnel ; il ne sera révélé que bien plus tard, quand j'aurai vraiment réussi à éliminer tous les Sombres et que bienheureux sera notre monde.

Message à ceux qui me liront plus tard

Mon nom est Lucien Asserian. Lucien, George, Yarkon, Asserian. Je suis né à Marseille en 1982 d'une mère turque d'origine syrienne, Badia Dolto, et d'un père français d'origine arménienne, George Asserian.

Ma mère était la fille d'un grand poète syrien, Yarkon Dolto. Il venait de la communauté maronite d'Alep ; sa famille s'était installée depuis des générations à Izmir, puis dans les montagnes au nord de Beyrouth. Il avait dû s'exiler à Marseille, parce qu'il aurait refusé, disait-on dans son village, de venger le meurtre d'un cousin par un membre d'une famille rivale, déshonorant ainsi son clan. À moins, disait-on dans d'autres villages, qu'il ait dû fuir la vengeance de parents l'accusant d'avoir tué leur fillette après l'avoir violée…

Yarkon avait rencontré à Marseille une autre Libanaise exilée, Kola Gemayel, qui avait été professeure de français à Beyrouth, avant de s'établir en France. Elle avait dix ans de moins que lui. Ils s'étaient mariés en 1958, et n'avaient eu, en 1960, qu'un seul enfant, Badia, ma mère.

Au grand désespoir de ses parents, Badia fut d'abord une enfant sans grâce ni charme : elle boitait et était traversée par des crises de violente colère. Elle hurlait, refusait de s'habiller, de manger, et cassait tout. Ses parents s'abstinrent de l'assommer de calmants, comme le proposaient les médecins.

À cinq ans, elle commença à fuguer. Elle se cachait bien, on ne la trouvait jamais et c'était elle qui revenait, en hurlant qu'on l'avait oubliée, qu'on ne l'aimait pas, qu'elle n'était qu'un objet pour son père et qu'une chose pour sa mère. À la moindre contrariété, elle insultait sa mère, en choisissant des mots qui blessent. Elle ne parlait jamais à son père, qui n'osait pas la regarder ; comme s'ils étaient liés par un secret indicible.

Poète maudit et amer, Yarkon mourut quand sa fille avait quinze ans. Elle refusa d'assister à ses obsèques, à Baalbek, où, à la surprise générale, affluèrent des gens descendus des villages de la montagne, druzes, maronites, sunnites, chiites rassemblés, des parents éloignés venus de Syrie, de Turquie, de France, d'Argentine, de New York, de Côte d'Ivoire, d'Afrique du Sud et de Mumbai ; et des amoureux de ses textes, venus du monde entier. Pendant que d'autres, tout à côté, psalmodiaient des malédictions afin que son âme brûlât en enfer.

Dès ce moment, Badia se transforma, comme libérée d'un sortilège. Elle devint une magnifique jeune femme : elle ne boitait plus. Elle grandit, avec de longs cheveux blonds qu'elle gardait nattés, affichant un sourire très ambigu, à la fois tendre, narquois et enjôleur. Elle aima faire la fête. Et l'amour. Avec des filles comme avec des garçons. Elle vécut, avant de rencontrer mon père, une histoire intense avec un couple de grands bourgeois marseillais. Enfin, pas vraiment un couple : lui était un architecte assez connu dans la région, il vivait déjà avec deux femmes et leurs cinq enfants, et complétait ses nuits en mettant dans son lit une fille ou un garçon, en général très jeunes. Il était si riche et si puissant que tout le monde, dans les milieux qui fréquentaient leurs soirées, trouvait cela du dernier chic. Badia mit le chaos dans la vie de cet homme en suscitant une rivalité entre les unes et les autres qui se disputèrent bientôt son amour et ses caresses.

C'est lors d'une fête dans la grande villa de cet architecte qu'elle rencontra mon père.

George Asserian était né en 1950 dans une famille bien connue du grand banditisme marseillais. Sa mère, Mayréni, était la véritable cheffe du clan ; personne en ville n'aurait osé l'affronter. Le père de mon père, Lucien Asserian, était, lui, un survivant du génocide arménien ; en tout cas, c'est ce qu'il prétendait : il était né en 1923, quand s'achevèrent les sept années de massacres, et peinait à expliquer dans quelles conditions il avait alors survécu.

Très jeune, mon père avait participé, sur ordre de sa mère, à tous les trafics auxquels était mêlée sa famille. Vie de petits larcins, de grand banditisme, de luxe, de séjours en prison aussi.

Sa rencontre avec Badia, me raconta un jour mon père, fut un torrent d'amour et de passion. Selon lui, elle quitta tout de suite le grand architecte, qui se suicida. Mes parents avaient les mêmes goûts, les mêmes envies de voyages, de palaces, d'alcool, de fêtes, de tablées d'amis. Ma mère chantait merveilleusement bien. Mon père se mettait à la guitare, dont il avait appris à jouer avec des gitans marseillais, avec qui il partageait bien plus que l'amour de la musique.

Je suis né moins d'un an après leur rencontre, en 1982. On me donna tous les prénoms de mes grands-pères.

Ma mère a très vite commencé à nous laisser seuls, mon père et moi. Une soirée. Une nuit. Deux jours. Une semaine. Un mois. Mon père ne disait rien. Il l'attendait. Elle revenait. Je crois qu'elle haïssait tous les hommes et se vengeait sur lui. Quand, plus tard, j'ai reproché à mon père de l'avoir laissée faire sans réagir, il me dit qu'il craignait trop qu'elle le quittât définitivement. Je lui en voulais de cela aussi.

Ma mère est partie de plus en plus souvent, de plus en plus longtemps. Et un jour, elle n'est pas revenue. J'avais 6 ans.

Mon père rompit alors avec ses amis et cessa de travailler, à quoi que ce soit. Il s'enferma avec moi dans notre grande maison. Quand il n'eut plus les moyens de l'entretenir, nous déménageâmes dans un petit appartement au quatrième étage d'un immeuble sans ascenseur du quartier des Cayols, du côté de Saint-Barnabé.

Puis, secoué par Mayréni, sa mère, il recommença à sortir, à rentrer tard, à voyager ; sans jamais me dire où il allait. Il me laissait alors chez sa mère, dans sa belle maison de la Castellane. Je n'aimais pas beaucoup Mayréni ; elle sentait mauvais, ne quittait jamais une horrible robe de chambre qui avait dû être blanche, bordée de franges sales, qui avaient dû être mauves et roses. Elle passait son temps à la fenêtre, à scruter les allées et venues de tout le monde, à téléphoner et à empêcher les gens de franchir le pas de sa porte. Et quand elle m'adressait la parole, ce qui était très rare, c'était pour me dire du mal de ma mère.

Je préférais aller chez Kola, la mère de ma mère, de l'autre côté de la ville, dans un quartier très accueillant, au bas de la rue de la République, en face de la Samaritaine. Elle avait dû être très belle. Elle me racontait les leçons de français qu'elle donnait à Beyrouth, puis à Marseille, où elle avait rencontré le poète exilé, dont les photos tapissaient encore son appartement. Ils n'avaient eu qu'un enfant, ma mère, qui, d'après ce que disait ma grand-mère, détestait son père…

Ma mère… Kola me disait ne pas savoir où elle avait pu disparaître. Elle semblait avoir dominé cette tristesse, si elle en avait jamais eu.

Quand j'ai eu 8 ans, mon père commença à me raconter ses exploits, anciens et nouveaux. Oui, c'est vrai, il était, depuis toujours, un voleur. Mais jamais un assassin, jurait-il. Très jeune, il avait organisé des transferts de fonds de Marseille vers la Suisse et participé à des braquages à Lyon. Des braquages sans coup de feu, insistait-il. Certes, une fois, ils avaient dû enlever la femme du directeur d'une bijouterie de Grenoble, pour le forcer à ouvrir ses coffres. Mais sans violence. Il disait être le chef de tous les voyous de son clan et n'obéir qu'à sa mère. Et j'ai vu comment il tremblait devant elle.

Il me laissa entendre qu'il avait passé quelques semaines à la prison des Baumettes, où il se vantait d'avoir rencontré un terroriste palestinien de haut vol, dont il me raconta les exploits : un ancien professeur de lettres de Beyrouth, fils d'une grande famille maronite, devenu le dirigeant d'un groupe particulièrement violent. Plus tard, je me suis inspiré de lui pour imaginer le personnage principal de mon jeu, Ehud Elmer, dit Georg Elyes.

Quand mon père me racontait ses aventures, je faisais semblant de le croire, persuadé que tout cela n'était sorti que de son imagination. Pourtant, des années plus tard, j'ai pu vérifier que tous les vols, tous les braquages, tous les enlèvements dont il m'avait parlé avaient bien eu lieu, mais sans que son nom y soit jamais mentionné. Y avait-il participé ? En avait-il seulement entendu parler ?

Un jour de l'été 1991, j'avais 9 ans, il me demanda, en me faisant jurer le plus grand secret, de cacher un gros paquet enveloppé dans du papier kraft (de la drogue, sans doute, même s'il me jurait ne pas toucher à ça) dans mon cartable, et de le déposer sur un banc de l'église des Augustins, près du quai des Belges. La semaine suivante, un dimanche soir après dîner, il m'emmena à la fête foraine, au Prado ; à ma plus grande joie, nous avons joué à toutes sortes de jeux et d'attractions. Je ris beaucoup en constatant combien il tirait mal. Il en fut vexé et prétendit que la carabine du forain était désaxée. Puis nous sommes allés nous asseoir à un endroit qui dominait toute la fête. J'étais heureux ; jusqu'à ce que je comprenne que, de cet endroit, on avait une vue plongeante sur un parking où il est allé, un peu plus tard, voler une voiture. Il n'était sans doute pas le gangster de haut vol qu'il prétendait être.

Ma grand-mère maternelle, Kola, s'inquiétait de mes études, qui commencèrent mal et auxquelles mon père n'attachait pas la moindre importance.

L'année suivante – j'avais 10 ans –, j'ai été victime d'un accident de moto avec mon père alors qu'il fuyait je ne sais qui.

Lui s'en sortit indemne. Moi j'eus les deux jambes cassées, une hanche broyée et je restai deux jours dans le coma. À mon réveil, j'ai appris que trois personnes étaient mortes par la faute de mon père, qui était soudainement parti « en voyage », m'expliqua Kola, en me disant de ne pas m'inquiéter car il reviendrait bientôt.

Une fois sorti de l'hôpital, je vins vivre chez elle. Elle retrouva avec moi ses réflexes de professeure de français dans une école catholique de Beyrouth. Avec elle, j'ai rattrapé très vite tous mes retards. J'ai commencé à écouter beaucoup de musique de toutes sortes, du classique jusqu'à la musique arabo-andalouse. Elle me gavait de namoura, de baklava, de makrout, de mouhalabia qu'elle faisait elle-même. Je lui cachais mes douleurs dans les jambes et la hanche, qui, depuis, ne m'ont jamais quitté.

Le soir, Kola s'installait dans un grand fauteuil à bascule, placé près d'une fenêtre d'où on devinait la mer et réussit à me faire aimer lire : Gibran, Molière, La Fontaine, puis Kundera et surtout de la science-fiction : Verne, Boulle, Barjavel, Merle, Matheson, Dick, Brunner, Asimov, Clark, Heinlein. Elle m'expliqua que la science-fiction faisait partie de la grande littérature et n'était pas un genre mineur. C'est à ce moment-là que j'ai commencé à aimer les dystopies. Elle s'intéressa même à la géométrie et à l'astronomie quand c'est devenu ma passion. En tout cas, elle faisait semblant. Je n'avais pas besoin de cela pour l'adorer.

Quand j'ai eu 12 ans, elle m'annonça que ma mère, sa fille, avait été assassinée par un amant de passage, qui l'avait entraînée à Alger. Je n'ai pas réussi à avoir de la peine ; et elle non plus. Elle a seulement dit : « Elle a tout fait pour attirer ton père dans sa fange. Je suis heureuse que tu n'aies pas vécu cela. »

J'étais désormais son seul compagnon, avec un chat qui l'avait adoptée et qu'elle appelait « Amir Al Bayant », ce qui en arabe veut dire « le prince de l'éloquence » ; elle m'apprit que c'était le surnom d'un grand poète libanais, un prince druze nommé Chakib Arslan, ayant joué un grand rôle dans la vie politique arabe. Elle laissa entendre qu'elle l'avait « bien connu » dans sa jeunesse à Beyrouth. Dans nos conversations, elle glissait toujours des remarques sur le génocide arménien, sur celui des Juifs, sur la capacité qu'ont les hommes de tout détruire, par plaisir ; sur les injustices du monde.

D'année en année, je voyais de moins en moins la mère de mon père, Mayréni. Elle est morte quand j'ai eu 15 ans.

Mon meilleur ami d'alors – j'étais en seconde –, un garçon sombre, torturé, bouleversant, nommé Max Dornier, me surnomma Changii Ylang, qui mêle le nom d'un fleuve, le Yang-tseu-kiang, et celui d'une fleur, à l'origine d'un parfum très rare. Il avait découvert ce nom dans un vieux conte chinois et il trouvait qu'il m'allait bien. Je l'aimais bien aussi. Fils d'un très vieux légionnaire allemand, qui devait porter de lourds secrets, Max s'est suicidé l'année suivante : il avait dû découvrir des secrets de son père. Changii Ylang. Personne d'autre ne me connaît sous ce nom. C'est en hommage à cette étoile filante que j'ai donné le nom de Dornier à ce prisonnier rencontré par le personnage principal de mon jeu, dans la prison de Berlin.

Je n'avais plus de nouvelles de mon père. Depuis des années. D'innombrables rumeurs couraient à son sujet. Selon certains, après l'accident qui m'avait envoyé dans le coma et avait tué trois personnes, il s'était réfugié dans une abbaye, pas trop loin de Marseille, à Sénanque. Selon d'autres il avait fui la France et il était en prison aux États-Unis. Selon d'autres encore, il avait retrouvé ma mère qui n'était pas morte, et ils vivaient ensemble au Liban. La vérité était sans doute plus simple : il était sûrement mort misérablement en tentant un énième coup foireux, un braquage minable ou une livraison de drogue qui aurait mal tourné.

Kola prenait toujours soin de moi, veillait à ce que je fasse mes devoirs, m'interdisait de jouer aux jeux vidéo, qui commençaient à envahir les cours d'école et les conversations de mes camarades de classe. Je ne m'en sentais pas privé. Et quand je retardais le moment de me mettre à mes devoirs, elle répétait : « Le secret de l'action, c'est de s'y mettre. »

De mois en mois, Kola devenait plus fine, plus transparente. Elle ne se levait plus à tout instant, comme avant, de son grand fauteuil à bascule, pour m'apporter des gâteaux. Elle me faisait croire qu'elle les cuisinait encore elle-même, mais j'avais bien compris qu'elle n'en avait plus la force et qu'un voisin les lui apportait d'une pâtisserie libanaise des quartiers nord. Ils étaient nettement moins bons.

Et puis, quand je suis entré en première, Kola n'a plus bougé de son fauteuil, puis de son lit, refusant absolument d'aller à l'hôpital. Je restais avec elle presque tous les soirs, pour lui parler de mes études, qu'elle surveillait toujours avec soin, même si elle ne comprenait rien aux mathématiques ni à la physique. Le soir, elle me récitait du Gibran et du Rimbaud. Je lui parlais des trous noirs, de la théorie des probabilités et de la vie extraterrestre. Elle me demandait où j'en étais avec les filles. J'éludais. Je réussissais à lui cacher mes addictions. Elle voyait bien que, parfois, j'étais dans un état second, mais elle ne pouvait pas penser qu'il m'arrivait de boire beaucoup. Énormément.

Elle est morte une nuit de cette année-là, en octobre 1999. Je venais d'avoir 17 ans, elle n'en avait que 70.

La veille, juste après une de nos conversations au bord de son lit, sur la vie extraterrestre et mes addictions, qu'elle avait découvertes en partie, et que je continuais à nier, elle m'avait dit, d'une voix à peine audible, mais toujours très ferme et précise, que les seuls extraterrestres dont on pouvait être certain qu'ils existent étaient les âmes des morts. « Les âmes des morts, murmura-t-elle, peuplent l'univers. Elles ne seront pas en repos tant qu'il y aura des injustices sur cette planète et que les hommes continueront de s'entretuer. » Elle ajouta : « Bientôt, la mienne sera là-haut aussi. » Et puis, elle fut secouée d'un grand tremblement. Interminable. Je n'ai pas su quoi faire, j'étais totalement paniqué. Elle s'est redressée et a répété trois fois, comme dans un délire, en s'accrochant à mon bras : « Sauve la vie. Sauve la vie. Sauve la vie. » Puis elle est retombée et m'a regardé intensément. Je n'oublierai jamais ce regard. Il disait son angoisse de mourir ; en même temps que sa tristesse de m'abandonner dans ce monde.

Ce soir-là, j'ai voulu rester près d'elle. Elle m'a repoussé. Je me souviens encore de son sourire quand je me suis penché sur son lit pour l'embrasser. Elle m'a doucement caressé les cheveux, puis m'a fait signe de partir. Presque brutalement. En me voyant m'éloigner, son chat m'a regardé et il a tout fait pour me retenir. Je suis revenu vers son lit. Kola m'a chassé d'un regard.

Le lendemain matin, elle ne s'est pas réveillée.

Je me suis promis d'aller chercher son âme dans les étoiles.

Ma douleur à la hanche se réveilla. Il me fallait de plus en plus de calmants pour l'oublier.

Quelques jours plus tard, j'ai découvert, par l'appel d'un notaire de Gordanne, que Kola me laissait beaucoup d'argent. Vraiment beaucoup : près de trente millions d'euros, une fois payé tous les impôts. D'où venaient-ils ? Pourquoi ne m'en avait-elle jamais parlé avant ? Et pourquoi vivait-elle si modestement, au point de ne pas avoir, je le croyais en tout cas, les moyens de se soigner ? Mystères.

C'est cela aussi qui m'a inspiré l'héritage que reçoit le héros de mon jeu.

Que faire de cet argent ? Ne pas y toucher, jamais. Il est sûrement sale.

Je n'avais plus de nouvelles de mes parents depuis des années. Je les pensais morts tous les deux. Rien ne me retenait plus à Marseille. Je suis parti à Aix faire des études de mathématique et de physique, puis, comme en écho à mes conversations avec Kola, un master d'astrophysique à Orsay, où je me suis passionné pour l'astrobiologie, sur les probabilités d'existence de la vie hors de notre planète. Je voulais en particulier travailler sur les signaux non expliqués émis par l'univers ; et il y en a beaucoup. J'ai vite compris qu'il est presque certain qu'existent d'autres formes de vie sur quelques-unes des milliards de planètes de notre galaxie, et plus encore dans quelques-unes des milliards d'autres galaxies. Et qu'il était plus que probable que plusieurs de ces formes de vie soient beaucoup plus avancées que les nôtres. Comme nombre d'astrophysiciens, je pensais alors que, si ces formes de vie ne nous avaient pas encore contactés, c'était parce qu'elles refusaient de rencontrer des êtres aussi dangereux que nous. Et si, contre toute probabilité, nous étions vraiment désormais la seule forme de vie dans tout l'univers, ce serait parce que toutes les autres formes de vie, qui ne pouvait manquer d'avoir existé, auraient disparu, par bêtise ou par aveuglement, comme cela nous menace nous aussi ; à très brève échéance.

En 2004, je suis allé faire une spécialisation au MIT et je rêvais de me faire recruter par le NASA Astrobiology Institute, en charge de ce qu'on appelait alors, dans ce milieu, la SETI (Search for Extra Terrestrial Intelligence). J'ai réussi à obtenir d'y faire un stage, mais, après six mois, malgré les promesses on n'a pas voulu me titulariser. J'ai également été refusé au Carl Sagan Institute et à tous les autres centres américains d'astrobiologie, dont celui de Berkeley. Mon niveau n'était pas suffisant, disaient-ils ; et, prétendaient-ils, je n'avais pas vraiment terminé mes études au MIT.

J'étais à la rue. Avec de l'argent. Beaucoup d'argent. Mais à la rue. Illusions. Abandons. Douleurs. Calmants. Addictions. Mensonges. Gaspillages. Addictions encore.

Toute ma vie, si brève, redevenait de la merde. Seule Kola m'avait témoigné de l'amour.

Je suis revenu en France en 2006. J'avais 24 ans. Pas question de renoncer à ma passion et de claquer ma fortune, comme d'autres auraient fait. J'ai trouvé un poste d'informaticien au Laboratoire d'astrophysique de Marseille, le LAM.

Et puis, les ennuis se sont enchaînés : l'année suivante, j'ai perdu mon poste au LAM, sous prétexte que je n'avais pas très précisément expliqué pourquoi je n'avais pas terminé mon année au MIT… Et peut-être aussi parce que le patron du labo avait découvert que je m'étais battu, ivre mort, dans une boîte de nuit de Toulon. Je venais d'apprendre que mon père, que je n'avais pas revu depuis quinze ans, et qu'on m'avait dit mort, était revenu en France après un long exil au Liban. Et qu'il venait d'être condamné à vingt-cinq ans de prison, par une cour d'assises à Paris, pour un braquage qui avait mal tourné : trois policiers avaient été tués ; lui attendait dans la voiture, mais ses complices l'avaient chargé. J'ai voulu aller le voir en prison. Il avait refusé mes visites.

Je me suis laissé aller. Je ne voulais voir personne. Je haïssais les humains.

J'ai appris à me passer de tout. Et des autres, de tous les autres. J'ai commencé à jouer à des jeux vidéo, dont Kola m'avait privé toute mon enfance.

Un an a passé. Un an de merde. Je ne sortais plus de chez moi. Je ne voulais plus de relation avec personne. Physiquement, je ne ressemblais plus à rien.

J'ai commencé à regarder autrement le monde. À réfléchir à la réalité des pouvoirs. Ce que j'avais appris au MIT et à la NASA m'avait convaincu qu'on savait bien plus de choses qu'on ne le disait sur la vie extraterrestre, que le dérèglement climatique était bien plus terrible qu'on ne l'admettait, qu'on ne disait pas la vérité aux peuples. J'ai beaucoup lu : de l'économie, de la science politique, de l'histoire. Mensonges. J'ai compris que les savants, même s'ils se croient libres, ne sont presque tous que des marionnettes au service des maîtres du monde qui les orientent et les censurent. Des maîtres bien cachés. Mais moi, je sais bien qui ils sont, les maîtres du monde, c'est très simple : tous les pouvoirs sont liés au fric. Tout ce qui n'est pas argent n'est qu'illusion.

Les dirigeants apparents, les dirigeants politiques, de démocratie ou de dictatures, ne sont que des leurres, et j'ai eu l'idée de les appeler des « Illusionnistes ».

Les vrais maîtres du monde, ceux qui, de près ou de loin, et en général de loin, manipulent le fric, j'ai commencé à les appeler les « Sombres ».

Et j'ai commencé à théoriser le monde à ma façon, entre deux nuits de cuites et de jeu : les Sombres ont besoin de faire croire qu'ils n'existent pas, que le pouvoir appartient à d'autres. En réalité, depuis des millénaires, ces Sombres gèrent et décident des prix et de la rareté des choses. Ils financent les Illusionnistes, y compris ceux qui croient s'opposer à eux : les politiciens, les syndicalistes, les associatifs, les journalistes et les stars, qui se croient obligés de prendre position pour des causes.

Et puis il y a les autres, les humains, les pauvres humains, qui subissent la vie contrainte que leur imposent les Sombres et se satisfont des rêves que leur font miroiter les Illusionnistes.

Et moi, je n'étais rien, je ne pouvais rien, je ne savais rien.

« Sauve la vie. Sauve la vie. Sauve la vie », avait dit Kola. Foutaise… Je ne suis pas fichu de me sauver moi-même.

Pourquoi n'existe-t-il pas une autre espèce animale capable d'en finir avec les humains, ces zombies massacreurs, ces esclaves jouisseurs ?

Plus j'y pensais et moins j'avais d'espoir que l'humanité pût s'en sortir. Ni, à plus forte raison, que je pusse moi-même m'en sortir.

Et puis, un jour de 2007, alors que j'étais au fond du néant, que mes douleurs à la hanche étaient devenues intolérables, qu'aucun médoc ne réussissait plus à les atténuer et que je venais d'aligner trois tentatives de suicide, j'ai été approché par un des patrons d'une boîte anglaise de jeux vidéo, qui m'a expliqué qu'ils voulaient produire un grand jeu fondé sur la recherche de la vie extra-terrestre, qu'ils avaient besoin d'un expert du sujet pour les conseiller, et qu'on leur avait parlé de moi. J'ai éclaté de rire à cette proposition. Ma déchéance était-elle tellement connue qu'on pouvait aller jusqu'à me proposer ça ? Travailler à un jeu vidéo ? Certes, j'aimais y jouer, maintenant, mais je n'allais pas m'abaisser à y travailler ! J'ai d'abord repoussé leur offre.

Et puis je les ai rappelés. Après tout, pourquoi pas ? Déchéance pour déchéance. Je suis devenu une merde. Le monde est une merde. On va bien ensemble. Puisque tout est simulacre, autant profiter au moins de l'idée illusoire que la vie extraterrestre est à portée de télescope et qu'on peut la trouver sans la chercher, ce que personne ne veut faire en réalité. Et gagner un peu d'argent.

J'ai donc été engagé comme conseiller du « game designer », c'est-à-dire de celui qui est chargé de définir les règles du jeu et de construire la charte graphique et le scénario du jeu à un niveau suffisamment détaillé pour que ceux qu'on appelle les « artistes » et les « programmeurs » puissent ensuite le produire. Je l'ai conseillé sur l'architecture du ciel, la place des galaxies, des étoiles, des planètes ;

sur la bio-astrophysique, sur les endroits dans l'univers où la vie pourrait sans doute exister, et là où c'était impossible. C'était très amusant et très facile. Le goût des choses m'est revenu. J'ai énormément appris. Je leur posais plein de questions. On a fait un joli jeu. Mes douleurs à la hanche ont disparu.

Je ne me suis pas contenté de conseiller le game designer ; j'ai voulu apprendre tous les métiers de cette industrie : développeur, architecte, programmeur, testeur, game designer et, enfin, fonction suprême : game manager. J'ai appris aussi les différents langages de programmation qu'on utilise pour faire ces jeux. Pas trop difficile pour moi : ce que je savais en mathématiques et ma pratique de ces jeux m'ont aidé à progresser rapidement. On a commencé à me consulter pour plusieurs autres jeux. J'ai aussi appris à insérer des passages de films dans les jeux, et à en commander à des réalisateurs, sous le nom de « cinématiques ».

Je revivais. Mes addictions disparaissaient. Plus j'étais dans le virtuel, plus j'avais le sentiment d'être dans le vrai. J'avais l'intuition que quelque chose m'attendait de ce côté-là. Je me suis mis à étudier ce qu'on n'appelait pas encore l'intelligence artificielle, et qui, je le sentais bien, allait jouer un rôle majeur dans cette industrie.

J'ai commencé à penser que les vies humaines réelles n'étaient pas plus compliquées à comprendre et à manipuler que celles des personnages d'un jeu vidéo. Et qu'il n'y a pas plus de hasard dans la vie que dans un jeu : le hasard n'est en réalité que l'expression de notre ignorance de certains paramètres du jeu qu'est la vraie vie. Le game designer, lui, il sait tout du jeu et il n'y a pas de hasard, pour lui. Celui qu'ils appellent Dieu, s'il existe, n'est rien d'autre, au fond, qu'un game designer.

Ma réputation a grandi. J'ai commencé à travailler pour différents éditeurs de jeux dits AAA, « triple A », c'est-à-dire très sophistiqués : il faut compter entre trois et sept ans pour en mettre un au point, avec cinq cents personnes. Les plus chers, comme *Cyberpunk 2077*, coûtent plus de 300 millions de dollars. Et l'investissement vaut le coup : un jeu comme *Fornite*, lancé en 2017, a rapporté à lui tout seul plus de six milliards de dollars par an et a rassemblé près d'un milliard de joueurs.

J'ai ensuite réussi à me faire engager comme programmeur par NC Soft, qui utilise des outils pas très sophistiqués pour faire des jeux extraordinaires, comme *Lineage*. Puis par Blizzard Entertainment pour *Rock'N'Roll Racing*, qui fut un de leurs plus grands succès ; nous n'étions que dix, au début, à y travailler et c'était exaltant.

J'ai participé ensuite à créer des jeux apparemment gratuits, qui, pour gagner de l'argent, doivent pousser les joueurs à s'abonner ou à acheter des accessoires. J'ai collaboré aussi au premier des jeux multijoueurs, *World of Warcraft*, qui reste un immense succès. J'ai vu se développer le eSport, où des dizaines de milliers de spectateurs s'assemblent dans des stades immenses pour regarder des équipes de joueurs s'opposer, et parier sur l'une ou l'autre équipe. J'ai ensuite conseillé les concepteurs d'un jeu très réussi sur la conquête de Mars, *Surviving Mars*. Plus récemment, comme game director (que certains appellent aussi product director, ce qui dit bien que le jeu n'est qu'un produit), j'ai travaillé sur *Diablo III*, puis sur *League of Legends* et *The Last of Us* (qui raconte ce qui se passerait après que la quasi-totalité de l'humanité a été détruite par un virus activé par le réchauffement climatique), puis encore sur *Assassin's Creed*, sur *Splinter Cell* et enfin sur *Bioshock*.

Au total, en quinze ans, jusqu'en 2022, j'ai travaillé pour NC Soft, pour Blizzard Entertainment, pour Riot Games, pour Take2, pour Ubisoft et enfin pour Naughty Dog. Je n'ai pas travaillé pour Rockstar, le créateur de *Grand Theft Auto*, dont le sixième jeu, sorti en 2024, a été le plus extraordinaire de tous les jeux jamais créés jusqu'ici.

J'ai rencontré des gens passionnants dans cette industrie. Des gens sincères, honnêtes, compétents. Et aussi, comme ailleurs, des cyniques et des voyous. Je me suis fait quelques amis. J'ai constitué surtout la liste des meilleurs, dans tous les métiers nécessaires à la conception d'un jeu.

Si certains jeux sont érudits, captivants (comme *Europa Universalis* de Paradoxe, sur lequel je n'ai pas travaillé), les plus profitables sont tous des jeux de compétition, de bataille, de conquête ou de massacre. On y voit reproduit ce que l'humanité aime vraiment : gagner, tuer, éliminer, conquérir. Même si certains jeux (comme *Sim City* ou *Sim World*), au début, ont tenté de représenter, sommairement, la réalité du monde, et s'il y a des jeux pour apprendre à coloniser Mars, il n'en existe aucun, à ma connaissance, pour apprendre à rendre la Terre habitable. Les jeux sont presque tous d'abord des lieux de cruauté physique ou morale, où l'on retrouve tout ce que l'humanité a pratiqué, des barbaries familiales aux génocides… Et si aucun jeu n'a encore été développé pour pousser explicitement les êtres humains à se comporter en racistes, ou à devenir dictateur, cela viendra là où le législateur ne l'interdira pas. C'est déjà implicite. Même dans les jeux multijoueurs ou dans le eSport, où l'on croit que les joueurs vont coopérer au moins par intérêt, alors que le seul but y est en fait, pour chaque joueur, de gagner, et de détruire ses partenaires le moment venu. Même le meilleur de ces jeux-là, à mon avis, *EVE on line* (qui pousse à créer des coalitions pour acquérir des ressources, construire des flottes spatiales et s'assurer contre les dommages) encourage toujours, à la fin, à détruire ses propres partenaires. Plus je travaillais à ces jeux, plus je trouvais notre monde dégueulasse, suicidaire.

Tous les jeux sont faits aussi pour être les plus addictifs possibles et j'ai appris les techniques permettant de pousser les joueurs à vouloir avoir plus, à être reconnus comme les plus puissants. Les techniques d'addiction sont encore extrêmement sommaires : elles ignorent l'essentiel des résultats des recherches en psychologie de masse, qui sont pourtant des moyens redoutables de modification des comportements collectifs ; ces jeux ne savent rien non plus des mécanismes cognitifs et sociaux, ni des interactions extrêmement complexes entre les gens, que seules les mathématiques les plus sophistiquées, que j'ai étudiées, permettent d'éclairer. Autrement dit, on peut les rendre encore beaucoup plus addictifs qu'ils ne le sont déjà.

Mes amis des jeux, pour se déculpabiliser, disent que permettre aux joueurs de faire en jouant ce qui leur est interdit par la loi évite qu'ils soient tentés de le faire dans la vraie vie ; tuer dans les jeux permettrait de réduire la pulsion de mort. Foutaise ! Au contraire, tous les jeux exacerbent l'égoïsme, pour chacun, de gagner, même au détriment de ses partenaires. Aucun d'entre eux ne pousse vraiment à préférer la douceur, la bienveillance, l'empathie, l'altruisme, la coopération, la prise en compte de l'avenir.

Je viens de lire cette phrase, qui me touche : « Voir souffrir fait plaisir ; faire souffrir plus encore. » Nietzsche, le grand maître des jeux vidéo. Et pas seulement.

Tout cela n'est pas seulement la faute de ceux qui fabriquent ces jeux : les meilleurs jeux éducatifs sont beaucoup moins rentables que les autres, parce qu'il y a moins de demande : les humains préfèrent détruire plutôt que construire, se distraire plutôt qu'apprendre, suivre leurs plus bas instincts plutôt que tenter de se dépasser. C'est comme la bouffe : ce n'est pas seulement la faute de ceux qui la produisent si elle est de plus en plus dégueulasse, addictive et empoisonnée. C'est surtout celle d'un système, qui interdit de faire du bon, du sain, de l'utile, pour faire ce qui rapporte le plus et ce qui rend les gens accro ; et aussi pour qu'ils ne passent pas trop de temps à table, à fabriquer et manger un bon repas, à converser, sans rien acheter ni produire.

J'ai gagné énormément d'argent dans ce métier.

Et puis, je me suis lassé, quand j'ai compris que, comme au cinéma, les éditeurs de jeux vidéo ne prenaient plus de risques, ne créaient plus rien et se contentaient de produire des suites à l'infini de leurs succès antérieurs : maintenant, dans certains jeux vidéo, on en est au seizième épisode, comme *Final Fantasy*, sorti pour la première fois au Japon en 1987, il y a plus de quarante ans. Et on continue à faire du fric avec.

J'en ai eu assez, de pousser les joueurs à vivre leurs pires pulsions, à devenir des zombies, comme je l'ai été. Ils ne lisent pas. Ils n'étudient pas. Ils n'aiment pas. Ils ne parlent pas. Ils ne coopèrent pas. Ils ne se réveillent pas. Ils ne se révoltent pas. Ils sont les victimes des Illusionnistes, eux-mêmes aux ordres des Sombres.

J'en ai eu assez d'être au service d'une des pires industries d'un système que je haïssais. En 2019, j'ai applaudi à l'initiative des Nations unies, annoncée en grande pompe, sous l'intitulé « Playing for the Planet », pour inciter les studios à créer des jeux économes en énergie et intégrant des réflexions écologiques. J'ai cru qu'on allait enfin mettre cette industrie au service de la planète. Là encore, illusion : il ne s'est pas passé grand-chose, sinon que le thème de la reforestation a été introduit marginalement dans quelques jeux, revendiquant au total 100 millions de joueurs, soit moins de 5 % du total. Et, depuis, l'initiative s'est perdue dans les sables.

Alors m'est venue l'envie de travailler pour moi, de créer mon propre studio, pour faire bien plus qu'un jeu vidéo. J'ai compris qu'il fallait aller chercher les gens là où ils sont ; leur parler là où ils écoutent, même s'ils ne savent pas qu'ils écoutent. Et ils écoutent très attentivement ce qui se dit dans les jeux vidéo. Puisque c'est là qu'ils passent l'essentiel de leur temps. Dans le monde entier. Pas seulement les jeunes. J'ai donc décidé de construire un jeu vidéo pas comme les autres, pour démolir le capitalisme. Un jeu qui dévoilerait la réalité du monde et pousserait les individus à vouloir la changer. Qui les conduirait même à ne plus jouer à des jeux vidéo.

J'en avais les moyens : il me restait encore une importante partie de l'héritage de Kola.

J'ai hésité. Un jeu ? c'est ridicule. Cela ne changera rien aux angoisses du monde. Cela sera juste un jeu de plus. J'ai repoussé l'idée. Je prenais quand même des notes. Je les abandonnais. Et puis j'ai pensé à cette phrase de Kola : « Le secret de l'action, c'est de s'y mettre. »

J'ai fait mes calculs. Et j'ai plongé : au printemps 2022, j'ai tout quitté, j'ai déménagé, pour me consacrer à ce projet.

C'est à ce moment que j'ai commencé à tenir mon journal, qui là encore, m'a inspiré celui de mon personnage, Ehud Elmer. Je l'inclus ici, pour que plus tard, on comprenne ce que j'ai voulu faire et comment j'ai construit ce jeu.

6 mai 2022

Je viens de m'installer dans une grande maison à Gazeran, un petit village à dix minutes de Rambouillet, sur la route qui conduit au parc du château. Une rangée de maisons, alignées des deux côtés d'une rue pavée, « la rue de la mairie ». Toutes en bois, selon la fantaisie d'un architecte local. Un lieu on ne peut plus banal et discret. J'ai vidé toutes les chambres, abattu les cloisons et installé mon studio, mes ordinateurs, mes tables de dessins.

Mes voisins : des infirmiers, des ouvriers, des enseignants, des médecins, des policiers, des employés dans les bureaux de la mairie et à l'hôpital de Carville. Je les vois partir à l'aube, vers la gare de Rambouillet, revenir en fin d'après-midi avec des paquets de marchandises, en ressortir avec des sacs de déchets. Des vies de merde. Pour fuir leur peur de la mort et ne pas penser à leur esclavage, ils passent leur vie à dire du mal des autres ;

à leur travail, dans les bars, les restaurants, les déjeuners de famille, et à mentir sur les réseaux sociaux ; leurs enfants se noient dans les jeux vidéo et y entraînent leurs parents. J'imagine qu'ils ont plein de misérables secrets et de petites haines rances. Je suis sûr, en tout cas, que chacun d'entre eux déteste au moins un de ses voisins.

Aucun ne s'intéresse à la campagne présidentielle qui s'achève demain, et c'est tant mieux ; elle n'a aucune importance. Personne ne pense à la réalité de ce qui nous attend. À la barbarie qui vient. La nature, elle, le sait : il y a de moins en moins d'oiseaux dans la forêt voisine, malgré la protection du parc du château.

Je vais me consacrer autrement à produire ce jeu. Je serai le game director, le patron. Et, ce qui ne gâte rien, le producteur aussi, car c'est moi qui financerai tout. À moi de définir les objectifs, le calendrier, les moyens nécessaires.

Ce sera un jeu « open world » (c'est-à-dire où l'on pourra se déplacer librement dans un espace tridimensionnel, contrairement à un jeu à déplacement linéaire). Il sera multiplayer (des milliards de joueurs pourront y jouer ensemble) ; ce sera un RPG (role-playing game). On pourra y jouer sur PC, sur console (principalement PlayStation, Xbox, Switch) et sur mobile, grâce à un serveur de jeu commun que j'installerai chez moi. Un joueur pourra commencer une partie sur une plateforme et la continuer sur une autre. Un joueur PlayStation devra pouvoir jouer en ligne avec un joueur PC. On y jouera surtout en réalité virtuelle, pour avoir toutes les sensations du réel.

Ce jeu sera vraiment gratuit ; c'est-à-dire qu'il ne sera pas nécessaire de l'acheter pour y jouer ni de s'y abonner ; il n'y aura aucune publicité et on ne fera pas non plus payer du contenu. Mon objectif n'est pas de gagner de l'argent mais d'avoir une audience aussi large que possible ; et on peut espérer dépasser un milliard de joueurs. Le jeu se jouera par équipes, qui seront constituées chacune d'au moins mille joueurs. Enfin, je ferai en sorte que nul ne puisse trouver qui en est l'auteur.

Le budget je l'ai, grâce à l'héritage de Kola et ce que j'ai gagné depuis quinze ans. Pour réduire massivement les coûts, j'utiliserai l'IA et le Métaverse bien avant les autres, qui ne les utiliseront que dans dix ans.

Personne n'a jamais essayé de construire un tel jeu décrivant le monde tel qu'il est, pour apprendre à le réparer. Alors qu'on aurait pourtant pu le faire, à partir du modèle du Club de Rome, il y a plus de cinquante ans. Mais personne ne l'a tenté. Le seul projet qui y ressemble un peu, on le trouve dans un roman, *Ready Player One* (repris au cinéma par Steven Spielberg), où une partie de l'humanité tente de s'échapper dans une oasis virtuelle, pour fuir le monde réel, devenu invivable du fait de la pollution et de la guerre.

Ce n'est pas du tout mon projet. Je veux offrir à tous les humains la possibilité de prendre conscience de ce qui attend le monde réel, en jouant au meilleur jeu vidéo possible. Non pas pour qu'ils s'échappent dans le virtuel, mais pour qu'ils se réveillent et changent le réel.

Personne ne devra se douter de mon projet. Jusqu'au bout. Même pas ceux qui y travailleront.

Il ne faudra pas attirer l'attention de mes voisins, ne pas les inquiéter en recevant trop de monde. Ni non plus en ne recevant personne.

Tout calculs faits, j'aurai besoin de quatre ans pour le construire ; pour fonder *Le Monde bienheureux.*

11 mai 2022

J'ai relu ce que j'ai écrit la semaine dernière. Je ne devrais pas être aussi critique envers les autres humains : c'est pour eux que je travaille.

Et puis, tous ne sont pas des zombies.

Hier matin, se sont installés, dans la maison d'en face, une femme seule et son fils (enfin je suppose que c'est son fils : un garçon de six ou sept ans, très blond, aux cheveux bouclés). À leur arrivée, dans une petite voiture suivie par une camionnette contenant leurs affaires, je n'ai pas pu éviter de remarquer sa tenue à elle : une robe rouge, des chaussures rouges, des lunettes rouges. Comme si elle faisait tout pour se faire remarquer. Qui plus est, elle est rousse. Elle a des yeux noirs très intenses ; elle est beaucoup plus grande que moi, ce qui n'est pas très difficile. Quand elle a vu que je l'observais, elle a soutenu mon regard et passé une main dans sa chevelure. Pourquoi ai-je cru voir de la tristesse dans ses yeux ?...

15 mai 2022

Ce sera un jeu politique ; plus passionnant qu'aucun autre. Il ne consistera pas à gagner la coupe du monde de foot, à conquérir Mars, ni à se battre contre des dragons, ni à prendre le pouvoir dans un empire au Moyen Âge. Ni même à s'occuper de reforestation ou d'un virus. Le joueur devra réussir à identifier, à combattre et à détruire les vrais puissants qui attentent à la vie de la planète, et à empêcher ensuite que d'autres ne surgissent pour prendre leurs postes.

Je veux aussi faire en sorte que, en pratiquant ce jeu, tout le monde comprenne qu'il faut surtout, dans la vraie vie, en finir vraiment avec les Sombres, cesser de consommer et de produire des énergies fossiles, des sucres artificiels, des poisons sous quelque forme que ce soit. Je veux pousser les joueurs à réaliser que l'altruisme est une condition de leur survie. Et à cesser de vouloir être le plus fort et accumuler des points. En fin de compte je veux que ce jeu aide à faire comprendre que la culture, l'éducation, la santé, le sport, la musique doivent devenir les activités principales des humains.

Je l'appellerai *Le Monde bienheureux*. Pour désigner à la fois l'utopie à laquelle j'aspire et, ironiquement, par antiphrase, le monde tel qu'il est aujourd'hui, le nôtre, dont on veut nous faire croire qu'il est le meilleur possible, alors qu'il est un enfer, dans lequel s'entretuent des mercenaires déloyaux.

Il y a quelques jours, le Président français a été réélu. Il n'a pas de majorité au Parlement.

Cela n'a aucune importance.

21 juin 2022

Ce jeu sera supposé commencer dans sept ans, en janvier 2029. On suivra la vie d'un nommé Ehud Elmer, détenu dans une prison politique secrète de l'Otan installée en Allemagne. Il aurait été arrêté pour un crime qu'il n'aurait pas commis (faire fuiter des secrets d'État) et non pas pour ses vrais crimes (l'assassinat de dirigeants d'une grande banque), commis sous le pseudonyme de Georg Elyes.

En réalité, ces deux personnages n'existent pas plus l'un que l'autre. J'ai trouvé ces deux noms dans un vieux roman albanais. Les joueurs n'auront aucun mal à en trouver l'origine, ce qui pourrait les faire penser que je suis albanais : voilà qui me permettra de brouiller encore plus les pistes !

Le joueur devra vivre toute la vie d'Ehud, depuis sa bagarre au *summer camp*, jusqu'à son évasion de la prison de Pankow, et après.

Puis j'ai inventé le personnage de Changii Ylang, un informaticien et astrophysicien de génie. Je l'ai fait à mon image. Là encore, on ne me trouvera pas : personne ne me connaît sous ce nom que m'avait donné un ami du lycée mort depuis longtemps, Max Dornier.

Il y aura aussi le prisonnier mystère qui orientera Ehud pour trouver son refuge après son évasion, Max Dornier, que j'ai nommé à partir du nom de cet ami d'enfance, mort aujourd'hui. Il y aura aussi le mercenaire qui poursuit les Vivants : je l'ai nommé comme mon grand-père, ce poète libanais totalement oublié, Yarkon Dolto. Il disposera lui aussi d'une armée secrète bien à lui, conçue pour détruire le maximum de Vivants.

J'ai inventé enfin le personnage de Eloa Rambaud, dont Ehud est amoureux, mais qui aime Changii, c'est-à-dire moi. Pour Eloa, j'ai pris comme modèle ma nouvelle voisine. Je ne lui ai pas encore adressé la parole. Je ne sais rien d'elle, sinon son nom, aperçu sur sa boîte aux lettres : Eloa Steinfort. J'ai vérifié : un prénom français ancien, revenu récemment à la mode, et un nom anglais qu'on trouve beaucoup en Australie. À voir la régularité de ses sorties, en général à vélo, le matin et retour en fin d'après-midi, elle semble être fonctionnaire ou professeur à Rambouillet. Elle ne sort presque jamais le soir, sauf parfois très brièvement avec son fils.

Les joueurs seront nommés les « Vivants ». Ils formeront un groupe d'individus décidés à sauver leurs propres vies, celles des autres humains, et celle de la planète. Pour cela, ils devront d'abord libérer leur chef Ehud Elmer, le mettre à l'abri et, avec lui, identifier et éliminer les puissants, qui seront nommés les « Sombres », en évitant que ceux-ci soient remplacés par d'autres ; et tout en ne se faisant pas prendre aux pièges de ceux qu'on nommera les « Illusionnistes ».

La jauge de vie de chaque joueur sera impactée par le comportement des autres, et pas seulement par ses propres exploits. De même, on suivra la jauge de vie de la nature, et celle de l'humanité. Ces jauges de vie dépendront des interactions des humains avec la nature. La nature sera donc un acteur important du jeu. Si les joueurs jouent mal, la nature se vengera en modifiant le climat ou la disponibilité de l'air, de l'eau ou de la nourriture, et en réduisant la jauge de vie de l'humanité. La jauge de vie des joueurs n'augmentera que s'ils sont altruistes. Les Vivants pourront, dans certaines circonstances, devenir des Illusionnistes, voire des Sombres.

La nature elle-même sera représentée dans le jeu par une grande variété d'animaux, d'insectes, et d'oiseaux, qui disparaîtront si la vie se dégrade. Pour être plus clair encore, la jauge de vie sera aussi exprimée en années de survie de l'humanité ; et ce nombre évoluera avec l'action ou l'échec des Vivants.

17 juin 2023

Dans les jeux vidéo, les scénarios sont très rarement vraisemblables. Le mien l'est. En particulier sera vraisemblable la situation géopolitique et écologique mondiale qu'il décrira ; les personnages, les décors, les mouvements, la dynamique, les sons du jeu seront totalement réalistes. Progressivement, les joueurs qui jouent en 3D feront de moins en moins la différence entre le jeu et la réalité. Et la cinématique, que je confierai à de grands cinéastes, y aidera.

De fait, l'environnement géopolitique que j'ai imaginé pour le jeu a de très forts risques de se réaliser au moment du début du jeu, le 2 janvier 2029 : un climat de plus en plus insupportable, une famine massive en Afrique, une Chine de plus en plus belliqueuse, un Président et un Congrès américains ultraconservateurs, un Président et un

Parlement d'extrême droite en France, d'innombrables conflits, sur une planète qui prend feu. Bien sûr, la prison de Pankow est moins probable ; mais qui sait jusqu'où ira la dérive provoquée par le déclin de ce pays ?

Le premier niveau du jeu consistera pour les Vivants, c'est-à-dire les joueurs, à aider Changii et Eloa à faire évader Ehud. Ils seront poursuivis par toutes les polices et agences privées des États-Unis et d'Europe, et en particulier par le terrible Yarkon Dolto et ses troupes. Pour y parvenir, ils devront revivre tous les épisodes de sa vie, depuis la bagarre dans le *summer camp*.

Dans une deuxième étape, les Vivants devront aider Ehud, Changii et Eloa à fuir l'Allemagne et à trouver un refuge sûr. Il y en aura beaucoup de possibles. Tous, sauf un, le monastère de Sénanque, seront des pièges. Et si un joueur se trompe de refuge, ce sera « game over » pour lui.

Puis viendra une troisième étape où l'ensemble des joueurs d'une équipe, devra enquêter, pour comprendre qui sont les Sombres et ce qui peut le plus leur nuire. Ils devront pour cela espionner, corrompre, manipuler, détruire, voler. J'orienterai les joueurs vers de fausses pistes, comme le président du Forum de Davos, ou celui de Bilderberg ; et quand ils auront compris que les Sombres ne sont pas là, je leur donnerai quelques indices pour les trouver.

Dans une quatrième étape, ils devront comprendre que c'est surtout en s'alliant entre eux et en changeant leurs propres comportements et ceux des autres humains qu'ils affaibliront le plus les Sombres ; sans se laisser tromper par les Illusionnistes (qui apparaîtront dans le jeu avec les vrais noms des dirigeants politiques du moment, et de leurs opposants).

Si les Vivants ne réussissent pas à mater les Sombres, à changer leurs propres comportements et ceux des autres humains, le climat se dégradera, la biodiversité s'écroulera, les coups d'État se multiplieront, les conflits s'aggraveront, les écoles disparaîtront, les systèmes de santé se dégraderont, on manquera de plus en plus d'eau et de blé ; on mangera des produits de plus en plus nocifs ; l'air deviendra irrespirable. Il y aura alors des pénuries innombrables, dont les Sombres tireront profit, pendant que la jauge de vie des joueurs baissera. Le monde sera de plus en plus chaotique, politiquement et socialement. Le jeu s'achèvera alors dans le chaos et la fin de l'humanité.

S'ils réussissent, au contraire, un monde harmonieux, bienheureux, durable et libre deviendra possible.

Le plus difficile sera de créer les modèles mathématiques des mécanismes d'interaction cognitive d'une telle façon que les joueurs, en progressant dans le jeu, ne fassent plus la différence entre le jeu et leur vie. Et qu'ils aient progressivement l'envie de vivre vraiment dans ce monde. Ce monde bienheureux.

Je vise plus d'un milliard de joueurs. Ce n'est pas hors de portée. Et si un milliard d'humains comprennent le rôle des Sombres et des Illusionnistes, s'ils en tirent les conséquences, s'ils deviennent, dans la réalité comme dans le jeu, des Vivants agissant contre les Sombres, alors on a peut-être une chance de sauver la planète. De sauver la vie. Une toute petite chance.

23 décembre 2023

J'ai défini les personnages, leurs interactions et les règles du jeu. J'ai écrit l'essentiel du scénario. J'ai décrit en détail les humains, les Sombres, les Illusionnistes, les Vivants, Ehud, Eloa et Changii et tous les autres, ainsi que le schéma d'évolution dans le temps de l'univers du jeu, c'est-à-dire de notre planète, selon les différents scénarios possibles d'évolution.

Je dois maintenant rassembler une équipe pour le fabriquer. Pas autant de monde qu'on croit : j'ai appris à faire à l'économie, en particulier grâce à l'intelligence artificielle. Et je connais les meilleurs. J'en ai constitué patiemment la liste : comme game designers, je prendrai un romancier, un cinéaste, un sociologue, un économiste et un géopoliticien. J'expliquerai aux game designers où vivent et à quoi ressemblent les Sombres, les Illusionnistes, comment sont leurs maisons, leurs bureaux, comment ils accumulent leurs fortunes, comment ils font de la politique ou de l'influence. Et comment les Vivants se battent et interagissent entre eux, avec les Sombres, avec les humains et avec la nature. Je leur expliquerai ce qu'ils doivent faire pour donner aux Vivants les moyens d'enlever tout pouvoir aux Sombres.

Pour coder, je connais les meilleurs ingénieurs. On utilisera Unity comme moteur de jeu multiplateforme et donc C# (C sharp) comme langage de programmation. Il faudra utiliser, pour la partie Métaverse, de nombreuses technologies de pointe, dont la blockchain, les cryptomonnaies, le Web 3.0, la réalité augmentée et la réalité virtuelle. J'ai, pour cela aussi, les meilleurs.

Pour dessiner, j'ai ce qu'il faut comme spécialistes de l'art digital, comme architectes et illustrateurs. Ils devront établir comment l'univers du jeu, les personnages et les histoires se nourrissent réciproquement, et organiser les boucles de rétroaction. Ensuite les designers mettront tout cela en images. Ils seront complétés par des séquences de films, que je demanderai à des metteurs en scène. D'autres spécialistes produiront les codes source du jeu, le rendu de l'audio, les effets visuels, les mouvements. Le joueur ne devra pas faire la différence entre le réel et le virtuel. Avec les technologies que je vais utiliser, c'est possible.

Au début, une dizaine de personnes suffiront, d'autres viendront après, pour des tâches spéciales.

Aucun ne connaîtra l'ensemble de mon projet. J'ai donné à chacun d'entre eux un ordinateur très puissant avec une excellente carte graphique, un Razer. Je me suis procuré un GDK (Game Development Kit) de Sony, un ensemble de logiciels et le hardware (Sony PlayStation) nécessaire à l'intégration du jeu sur ces consoles. J'ai dû me procurer un très puissant moteur de jeu de Unity et des logiciels de gestion de projet. Et, comme le jeu est multiplayer et open world, il va demander de grandes capacités de stockage de données. J'ai pensé à passer un contrat avec l'un des grands fournisseurs de cloud, mais comme c'est trop risqué en termes de confidentialité, j'ai préféré louer une maison voisine et y installer mon propre data center. Cela a été une plus grosse dépense.

8 janvier 2024

Il me faudra suivre à la lettre les trois phases de la production de tout jeu vidéo : d'abord, la création d'un prototype grossier. Puis la préproduction, c'est-à-dire le développement quasi final d'une partie du jeu. Enfin, la production : tout d'abord une version non finalisée (phase alpha) de l'ensemble du jeu puis une version quasi finale (phase bêta) ; l'une et l'autre de ces deux versions seront testées par des professionnels, et par des joueurs anonymes invités à la fin à participer au projet.

7 février 2024

J'ai noué depuis quelque temps un contact avec le fils de ma voisine, Eloa Steinfort. Elle est si belle ! Je reçois un choc chaque fois que je l'aperçois. Hier soir, j'ai éteint les lumières chez moi et je l'ai devinée derrière sa fenêtre éclairée. J'ai pris mes jumelles très puissantes. Je voyais très bien : elle lisait du Kundera (*L'Insoutenable Légèreté de l'être*, que Kola m'avait fait lire). Aujourd'hui elle lit un roman italien que je ne connaissais pas : *Le Baron perché*, d'un certain Italo Calvino. Je vais le lire et m'en servir pour le jeu.

Au fond, je suis comme Kayser Soze, le héros d'*Usual Suspects*, qui construit ses alibis avec tout ce qu'il voit autour de lui dans le bureau du commissaire qui l'interroge. Je suppose que c'est ce que fait tout romancier : il se nourrit de ce qu'il vit.

J'ai compris qu'elle enseigne dans un lycée de Rambouillet, où elle se rend à vélo. Je l'ai entendue appeler son fils Victor. Je l'ai guetté quand il est sorti pour aller au collège et je l'ai rencontré à l'arrêt du bus… Je lui ai parlé. Il ne s'est pas inquiété. Il y avait beaucoup de gens.

Comme tous les garçons de son âge, il adore les jeux vidéo. Il m'a suffi de lui dire que j'en avais conçu plusieurs et que j'avais chez moi tout ce qu'il faut pour en créer un, afin qu'il demande à venir ! Sa mère s'y est d'abord opposée. Puis elle a laissé faire quand elle a compris que je lui proposais de venir avec cinq ou six de ses copains.

Ils viennent maintenant très souvent. Victor refuse de me parler de sa mère. Il doit avoir des consignes.

En France, le Président semble maintenant totalement débordé. Aucune majorité. Aucune autorité sur le pays. Pas même sur sa police. L'extrême droite a beaucoup de succès avec un nouveau slogan : « Dix ans, c'est beaucoup trop long ! Qu'il parte ! » L'extrême gauche ne met pas longtemps avant de le reprendre à sa façon : « Qu'il s'en aille ! »

Et les Jeux olympiques approchent…

14 septembre 2024

En juillet dernier, les Jeux olympiques à Paris ont été un formidable succès pour la France. La cérémonie d'inauguration a ébloui la planète. La maire de Paris comme le gouvernement français ont crié au triomphe. On a passé sous silence autant qu'on a pu le bilan sportif catastrophique des athlètes français, sauf en natation, en judo et en escrime. On a préféré ne pas insister sur les incidents entre les équipes, entre les spectateurs et avec les stadiers ; ni sur les viols, les vols et les bagarres innombrables pendant la cérémonie d'inauguration. Une température de plus de 45 degrés s'est installée le jour de la finale du 100 mètres, qu'il a fallu faire courir tard dans la nuit en éclairant le stade, au grand dam des écologistes. La Russie n'ayant pu concourir, beaucoup de ses athlètes ont pris d'autres nationalités et se sont enroulés dans le drapeau russe après leurs victoires. Des bagarres entre supporters ont éclaté presque toutes les nuits dans les rues de Paris et de Saint-Denis. Enfin, dès le lendemain des Jeux, la Cour des comptes a laissé entendre que, selon ses analyses, c'était une catastrophe financière. Une de plus dans un pays en faillite. Beaucoup expliquent que l'impact écologique et financier des Jeux de Paris est un scandale et qu'ils doivent être les derniers.

Le « qu'il s'en aille » est maintenant répété partout, tel un *leitmotiv.* Beaucoup espèrent pousser ainsi le Président à la démission. C'est mal le connaître.

Mondialement, le mois d'août 2024 aura été pire que celui de toutes les années précédentes. Les ouragans et les inondations ont fait près d'un million de morts au Bengladesh, en Inde et au Pakistan (en particulier dans les régions déjà ravagées il y a deux ans, et où la population était revenue s'installer, malgré les ordres du pouvoir). La Sibérie orientale est en feu, comme le nord du Canada. Les massacres de musulmans en Inde sont maintenant systématiques, sans que nul ne réagisse. Les manifestations se sont multipliées en Afrique. La campagne présidentielle américaine, qui se termine dans le chaos, est épouvantable de violence et de bassesse. Trump va sans doute gagner et revenir au pouvoir, alors qu'il vient d'être condamné à quinze ans de prison.

Personne ne voit donc que nous entrons en territoire inconnu ?

3 janvier 2025

Les nouvelles du monde sont de plus en plus inquiétantes et suivent parfaitement le scénario de mon jeu.

Malgré les procès qui l'ont condamné, Trump a été triomphalement élu. Il a annoncé, qu'après avoir pardonné à tous ses complices du coup d'État de 2020, et à lui-même, il allait appliquer immédiatement, dès son investiture, tout son programme : éliminer les « pourris » du système fédéral (juges, fonctionnaires, diplomates et officiers généraux), expulser deux millions d'étrangers en situation irrégulière, mettre en prison le moindre dealer de drogue, supprimer les aides aux plus pauvres, en particulier pour la santé et pour l'éducation, autoriser les États à interdire toute manifestation d'une identité LGTBQIA+, retirer les troupes américaines de Pologne et de Moldavie, et réduire à néant l'aide à l'Ukraine. Malgré cela, les Ukrainiens proclament qu'ils se battront jusqu'au dernier. À Moscou, Poutine, qui s'était cru renforcé par le retour à la Maison-Blanche de son ami Trump, est maintenant ouvertement critiqué par une grande partie de la population qui en a assez de la guerre et qui comprend que les Ukrainiens ne céderont jamais. L'attaque de l'Armée populaire chinoise sur Taïwan, il y a une semaine, a tourné au désastre quand son débarquement sur les plages de Kenting a échoué. En France, selon les sondages, 85 % des électeurs souhaitent que le Président démissionne tout de suite, soit deux ans avant la fin de son mandat. En Afrique, des militaires ont pris le pouvoir en République démocratique du Congo, au Congo Brazzaville, au Mozambique, en Gambie, en Mauritanie, en Libye, au Rwanda, au Cameroun, en Éthiopie et au Kenya.

En Afrique subsaharienne, en Inde, en Chine, en Asie du Sud-Est, la famine tue en silence des millions de gens chaque semaine. En Occident, il n'y a presque plus du tout d'oiseaux migrateurs ; la drogue tue en masse ; les suicides de jeunes sont monnaie courante dans les classes moyennes du monde entier ; l'intelligence artificielle détruit des dizaines de millions d'emplois de cadres, de journalistes, d'écrivains, d'éditeurs, d'avocats, sans en créer autant de nouveaux.

Sur tous les sujets d'intérêt vital pour l'humanité, aucune décision, vraiment aucune, n'est prise, pendant les centaines d'heures que les dirigeants mondiaux passent ensemble chaque année, en s'agitant comme du linge sale dans une machine à laver. Ils ne valent pas mieux. Rien n'est fait pour empêcher le suicide de l'humanité. Personne n'est même capable d'identifier les forces qui gouvernent vraiment ce monde. Tous continuent à admirer, à haïr ou à combattre, des gens sans importance, qui n'ont que l'apparence du pouvoir, et qui, comme leurs opposants, ne sont que des Illusionnistes.

Il m'arrive même de penser que les Sombres ne sont pas non plus des gens identifiables, ni même seulement des mécanismes, mais qu'ils sont en chacun de nous. Trop compliqué et trop tard pour glisser ça dans les rouages du jeu. Juste, peut-être, donner un avantage à un joueur qui s'en apercevrait ?

4 février 2025

Nous sommes tous à la fois comme Thelma et Louise qui, dans le film de Ridley Scott, rient à l'ultime seconde avant de basculer dans le vide.

Putain, mais quand allons-nous comprendre que nous sommes vraiment dans la merde ? J'en tremble de colère et de peur. Les réveiller. Les réveiller, bon Dieu ! Mon jeu est ma seule arme.

5 avril 2025

La création du premier prototype est terminée. J'en suis très content. Il me faut encore un an et demi pour tout finir. Je suis plus que dans les temps. Commence la période de préproduction. Être patient. Et impatient.

Aucun membre de mon équipe ne vient plus chez moi. Ils travaillent tous de chez eux : les personnages, la programmation, les images. Ils ne communiquent qu'avec moi.

Certains de mes collaborateurs commencent à comprendre que ce jeu fonctionnera comme une hypnose de désintoxication : en jouant, chacun deviendra progressivement conscient de sa propre soumission ; il sera dégoûté de produire et de consommer ce qui le tue, comme on peut être dégoûté du tabac après une hypnose. Plus encore : ils ne voient pas que, en jouant, le joueur comprendra l'importance de la non-violence, de la joie de penser, de lire, de spéculer philosophiquement, de faire des maths. Et, après avoir joué, il devrait avoir envie de se révolter, de faire interdire la publicité pour les produits de l'économie de la mort, de cesser de les consommer et de travailler à ce que tous en fassent autant. Et même de cesser de jouer à des jeux vidéo, drogue mortelle.

6 juin 2025

Le petit Victor est décidément très malin. Il a compris que je travaille à un nouveau jeu d'un genre très particulier. Il veut venir chez moi pour me voir travailler. Pas question. Je ne dois rien lui en dire. Ni rien lui montrer. Trop dangereux.

14 novembre 2025

Commence enfin la production.

Créer tous les contenus ; imaginer, dessiner, coder tous les scénarios vers lesquels chaque joueur pourrait orienter le jeu. Les développeurs codent maintenant tous les éléments de narration et de cartographie.

Je sors de moins en moins de chez moi. Il faut finir, maintenant, c'est urgent. Et pourtant j'en ai encore pour au moins un an.

Eloa a remarqué que je l'observe. S'en inquiète-t-elle ? En tout cas, elle ferme ses volets plus tôt. Je dois faire attention. Elle se dispute beaucoup avec son fils, qui ne vient plus me voir. Le lui a-t-elle interdit ?

9 janvier 2026

Climat effrayant au Brésil. Le patron de Shell vient encore de doubler son salaire. Une grande partie de la forêt de la République « démocratique » du Congo a été vendue hier à Blackstone afin que ce fonds américain puisse comptablement compenser les émissions de gaz à effet de serre de ses autres investissements. Des escrocs et des assassins.

Ce n'est plus possible de laisser les choses dans cet état. Et ce qui est fait jusqu'à présent ne sert à rien : négocier avec les gouvernements et les entreprises, comme le veulent les partis raisonnables ? Balivernes. Manifester, comme ces connards d'écolos ? Sornettes. Peinturlurer des tableaux ? Enfantillages. S'attacher à la porte des banques ? Foutaises. Mettre des bombes partout, comme les fous de Dieu ? Encore plus débile. Provoquer des attentats suicides, pour espérer aller au paradis ?

Quelle connerie, ce paradis ! Qui peut encore y croire aujourd'hui ! C'est juste une illusion de plus, comme un jeu vidéo.

Si l'on veut choisir la mort, alors autant se suicider, devenir rien, à jamais, sans embêter personne. J'y ai pensé : la vie est absurde, la mort l'est moins si on la décide. J'ai essayé, quand... Et puis j'ai choisi d'agir. Pas pour ces connards. Mais pour une espérance, peut être ridicule, en l'espèce humaine.

Si j'échoue, le suicide restera une option.

11 janvier 2026

Je relis ce que j'ai écrit avant-hier : « Une espérance en l'espèce humaine » ?

Mais comment peux-tu être assez con pour écrire ça ? Pour penser qu'elle vaut quelque chose, cette masse gluante, ce grouillement de vers pourris ? Tu as « une espérance », toi, dans cette engeance ?

Tu ne vois pas ce qu'elle fait depuis des millénaires, l'espèce humaine ? Elle ment, elle exploite, elle humilie, elle pille, elle torture, elle viole, elle massacre, juste pour le plaisir. Juste par haine des autres espèces. Et tu prétends avoir une « espérance en l'espèce humaine » ? Mais elle se déteste elle-même. Tu es con ou tu fais exprès ?

Elle ne vaudra jamais mieux que les chacals qui mangent leurs propres cadavres, que les chenilles qui bouffent leurs larves, que les hamsters qui s'entredévorent après avoir forniqué. Elle vaut même beaucoup moins que les papillons qui, eux, ne font jamais de mal à personne et se contentent de transporter la vie d'une fleur à une autre.

Je n'écris que des conneries. Pour mettre au clair mes idées. Ce n'est pas très malin : elles sont encore plus confuses quand je les écris. Et quiconque lirait ces lignes me prendrait pour un dingue, un clown, un illuminé, un complotiste.

Je les entends d'ici : « Pour qui tu te prends ? Tu crois qu'à toi tout seul tu vas changer quelque chose au monde ? Il y a huit milliards de vers de terre qui s'agitent, qui s'entretuent pour essayer de survivre, qui n'en ont rien à carrer des autres, et encore moins de l'avenir ; et toi, tu prétends que tu y peux quelque chose avec un jeu vidéo complotiste ? Réveille-toi ! Tu n'es qu'un gros connard prétentieux. Pas différent des autres. Juste un peu plus prétentieux. »

Et pourtant, je ne peux pas rester sans rien faire. Je vais devenir fou si je ne crie pas haut et fort ce que je vois venir. Si je ne me rebelle pas. Comme Kola me l'a demandé.

17 janvier 2026

Du calme. Je me suis trop énervé. Du calme. Je dois maîtriser ma colère pour rester efficace. Mon jeu va montrer à des milliards d'inconscients ce que le monde deviendra dans les années à venir, s'ils ne font rien.

Pourtant, tous devraient déjà le pressentir : partout, aujourd'hui, dans les rues, dans les métros, on croise des milliers de fantômes, assommés par la misère, la drogue et l'alcool. Même dans les villages près de chez moi, même à Rambouillet, des drogués sont affalés dans les rues, à côté d'autres qui s'agitent pour rien et qui détournent les yeux. Ceux-là devraient comprendre que, si on ne se bouge pas très vite, le monde sera bientôt une bouilloire ; les États-Unis sont déjà une dictature fasciste et la France, qui sera en faillite financière, se jettera l'an prochain dans les bras de l'extrême droite.

Trop de gens pensent que les hommes et les femmes politiques, ou les patrons, détiennent un réel pouvoir et prendront à temps les bonnes décisions. Quelle illusion ! Ces gens-là n'ont rien fait jusqu'ici contre le changement climatique, ni pour réduire les inégalités, ni pour nourrir les milliards de gens qui meurent de faim, ni pour donner une éducation décente à tous les enfants du monde. Parce qu'ils s'en foutent, ne veulent rien faire. Sauf clamer des promesses qu'ils sont incapables de tenir. Tout le monde pense aussi que les syndicats, les lanceurs d'alerte sont un réel contrepouvoir et réussiront à éviter le pire ; eux aussi, ce ne sont que des Illusionnistes ; souvent des gens sincères, mais qui refusent d'admettre qu'ils ne servent à rien, qu'ils sont de simples faire-valoir, des alibis, pour faire croire aux peuples qu'il y a un pilote dans l'avion, alors qu'il n'y a même pas de cabine de pilotage, ni même de moteur, et que cet avion-là n'est qu'un planeur, évoluant au gré du vent. Et aujourd'hui, une terrible tempête s'annonce.

Ceux qui dirigent vraiment, comme les Sombres de mon jeu, sont d'obscurs personnages, planqués dans les services secrets, les cartels, les banques centrales, quelques financiers les plus discrets, quelques-uns des plus grands technologues, quelques idéologues, quelques cadres d'entreprises. Ils forment le vrai pouvoir, obscur, implacable, déterminé. Ils décident des prix des choses, de ce qui doit être rentable ou non, et font évoluer les sociétés vers ce qui les renforce et qui leur permet, à eux et à eux seuls, de vivre plus longtemps et de concentrer les richesses. Mon jeu les montrera tels qu'ils sont.

Ils ne se connaissent pas nécessairement entre eux. Ils n'agissent pas de concert. Ils se haïssent les uns les autres, au moins autant qu'ils méprisent les Illusionnistes et qu'ils piétinent les humains. Ils assument leurs pouvoirs, chacun pour son compte, s'entredétruisant quand ils découvrent l'existence d'un autre Sombre. Comme les mâles alpha, dans la savane, qui ne supportent pas la proximité d'un autre ; ou comme des sous-marins, qui n'hésitent pas à couler ceux d'un pays allié, s'ils peuvent le faire sans être pris. C'est peut-être ce qu'il y a de plus terrifiant avec les Sombres : ils n'ont pas de plan cohérent. Ils s'entredévorent en même temps qu'ils sont les fossoyeurs de l'humanité et de la vie.

Les Illusionnistes, dans le monde réel comme dans mon jeu, ne peuvent rien contre les Sombres : ils ont la vague idée qu'ils existent, puisqu'ils sont leurs pantins, leurs récitants, mais ils préfèrent ne pas trop investiguer. Ils sont trop occupés à lire des discours écrits par les Sombres, à croire et à faire croire qu'ils ont un pouvoir, qu'ils jouent un rôle ; à tenter d'échapper ainsi à la mort en faisant subir tous leurs fantasmes à des femmes, des enfants, des employés, des sujets. Et les Illusionnistes, ils sont également nombreux dans les démocraties et les dictatures ; ils s'alignent au premier rang à la tribune des défilés : dirigeants du parti unique ou généraux à la poitrine couverte de médailles. Pour autant, ils ne commandent rien. Ils ne font que lire des discours écrits par d'autres, lesquels sont bien cachés. Ils ne forment qu'un empilement pyramidal de faux pouvoirs minables, de faibles sur de plus faibles. Depuis le petit voyou qui bouscule une vieille dame pour lui voler son sac, rue de la République, à Marseille, jusqu'au président du comité central du Parti communiste chinois, qui humilie en public son prédécesseur et fait tuer tous ceux qui lui résistent, en passant par le Président français qui boit ses propres paroles et par le grand banquier anglais qui pérore dans les colloques et jouit du crédit qu'il refuse. Tous ne sont que des petits enfants capricieux terrifiés par la mort, qui humilient, torturent et tuent pour se prouver à eux-mêmes qu'ils sont vivants.

Et les humains ? Des zombies, fascinés par les Illusionnistes, obéissant sans le savoir aux instructions des Sombres. La plupart d'entre eux, résignés, se contentent de produire et de consommer des horreurs qui servent surtout à fabriquer des profits pour les Sombres, avec la bénédiction ou l'indignation, l'une et l'autre inutiles, des Illusionnistes.

Mon jeu montrera tout cela. Un jeu suffira-t-il à en convaincre les humains ? Y croire.

28 janvier 2026

Mon jeu montrera aussi où le monde pourrait aller si les humains se décidaient à ne plus rien produire ni consommer qui détruit le vivant. Rien. Ni énergie fossile. Ni sucre. Ni drogue. De ne plus harceler, de traiter les autres avec respect.

Ce serait alors un tsunami positif ; la jauge de vie des humains s'améliorerait rapidement, la vie s'éveillerait dans la nature ; les oiseaux reviendraient, innombrables, dans notre ciel ; les Sombres mourraient faute de nourriture, comme des vampires privés de sang. Le monde serait bienheureux.

Il ne me faut plus que quelques mois pour le finir. Mon jeu sera en ligne avant la fin de cette année.

8 avril 2026

J'en arrive à la phase alpha de la production. Un premier draft de l'ensemble. Et les premiers tests. C'est long et fastidieux. Ça passe sans encombre. En particulier le passage difficile du premier niveau (où tous les Vivants rassemblent toutes les informations nécessaires au choix de leur stratégie) au deuxième niveau (où ils commencent à agir).

*

Eloa vient de m'inviter à dîner ! Cela s'est très bien passé. Sa maison est pleine de livres très rares. Elle est professeure de lettres. Que fait-elle dans ce petit village ? Pourquoi ne pas habiter Rambouillet et éviter de faire tous les jours deux heures de vélo ? Elle me bouleverse. Nous nous revoyons souvent. Nos conversations sont de plus en plus intenses. Elle ne veut visiblement pas entendre parler d'amour. Chaque fois que le sujet s'y prête et que je m'y risque, elle fait semblant de ne pas comprendre mes allusions, regarde l'heure, détourne la conversation. Je suis persuadé qu'elle a un amant.

14 juin 2026

Commence la période bêta : on va tester le jeu en grand et éliminer les bugs. Normalement, c'est une période très longue, qui prend plus d'un an. J'ai réussi à la réduire à quelques mois.

Les testeurs sont fascinés par le jeu. Le bruit commence à se répandre qu'un nouveau jeu extraordinaire va apparaître sur le marché. Et beaucoup de grands joueurs se proposent comme testeurs.

7 septembre 2026

L'été a été terrible. Et ce n'est pas fini. La température à Milan dépasse 48 degrés depuis dix jours. Il a fait 53 degrés avant-hier près de Vladivostok. Ne comprend-on pas que c'est bientôt la fin ? On n'aura même pas le temps de jouer au *Monde bienheureux* !

Jamais les forces du mal n'ont été plus puissantes : les cinq principales compagnies pétrolières mondiales ont décidé d'augmenter encore leur production et de lancer de nouvelles explorations dans la zone la plus dense de la forêt tropicale de la république du Congo. Les salauds ! Les Chinois, qui n'ont pas eu droit officiellement à une part de ce pactole, creusent à côté, illégalement et ouvertement ; ils ont évidemment corrompu les généraux qui ont pris le pouvoir. Donald Trump, malgré tous ses procès, va gagner les prochaines élections intermédiaires.

En France comme ailleurs, les Illusionnistes, encore au pouvoir pour quelques mois, s'agitent pour détruire tous les prétendants à leur succession. Dans chaque camp, personne n'est assuré de concourir. Même Marine Le Pen est concurrencée sérieusement par sa nièce et par Éric Zemmour dont personne n'avait prévu un retour aussi rapide.

Ne pas m'y intéresser : ce ne sont que d'autres Illusionnistes.

Pendant ce temps, les Sombres se gavent. Certains opèrent de plus en plus ouvertement, en toute impunité. La plupart d'entre eux, les plus puissants, continuent de se cacher, orientent les colères des Vivants vers les politiciens et vers les patrons, et canalisent les espérances vers les partis politiques, les syndicats, les associations. Beaucoup de Vivants comprennent que là n'est pas non plus le réel pouvoir, que le monde part à la dérive. Comme un ivrogne tapageur.

Les jeunes grondent beaucoup, démissionnent, cherchent un sens, s'agitent et se cognent contre les murs de la prison qu'est devenu le monde.

9 septembre 2026

Mon jeu est une merveille de réalisme. Ce soir, à 23 h 59, je le mettrai en ligne. Des millions, des milliards de gens vont bientôt y jouer. Et ils vont comprendre, se réveiller, changer le monde. Enfin.

Troisième partie

Les Vivants

23 septembre 2026

« À présent, il est debout à la fenêtre et il invoque cet instant. Qu'était-ce, sinon l'amour, qui était ainsi venu se faire connaître ? Mais était-ce l'amour ? Il s'était persuadé qu'il voulait mourir à côté d'elle, et ce sentiment était manifestement excessif : il la voyait alors pour la deuxième fois de sa vie ! N'était-ce pas plutôt la réaction hystérique d'un homme qui, comprenant en son for intérieur son inaptitude à l'amour, commençait à se jouer à lui-même la comédie de l'amour ? »

Ils n'ont rien compris à mon cours. Ce texte si subtil de Milan Kundera, extrait de *L'Insoutenable Légèreté de l'être*, son roman pourtant le plus facile, n'a provoqué que des ricanements chez ces adolescents. Sauf peut-être Lucie, apparemment douée et attentive, et ses deux amies, dont je ne sais si elles sont, elles aussi, passionnées par la littérature ou juste soucieuses de plaire à Lucie. Lucie ? J'ai du mal à la percer à jour. Ses rédactions sont prometteuses, mais ses réponses à mes questions presque toujours superficielles. Se fait-elle aider pour ses devoirs ? Possible : ses deux parents sont enseignants en collège. En fait, comme les autres, elle paraît attacher plus d'importance à ses tenues qu'à ses lectures : des jeans moulants et savamment déchirés, des hauts flottants, portés sans soutien-gorge, de couleurs chaque jour plus voyantes. Fait-elle semblant d'aimer la littérature par snobisme ? Ou pour attirer mon attention ? Elle me fait penser à cette autre héroïne de Kundera dont il dit que : « Dès son enfance, elle se distinguait des autres fillettes en se promenant avec des livres piqués dans la bibliothèque de son père et qu'elle n'avait pas ouverts. »

Dans ce lycée de Rambouillet, où j'enseigne depuis quatre ans, mon deuxième poste après Bondy, la plupart des filles rêvent de faire du cinéma ou de chanter ; certaines s'y essayent déjà. Alors que les garçons espèrent généralement vivre d'un sport ou faire des affaires, sans trop savoir ce que cela veut dire. Tous considèrent avec horreur les métiers de leurs parents, qui sont pour la plupart ouvrier, assistant, commerçant, aide-soignant, ambulancier, enseignant. Quelques cadres, quelques médecins, quelques patrons. Pourtant, ils savent parfaitement, au fond d'eux-mêmes, ce qui attend ceux qui ne font pas partie de la bourgeoisie : des études médiocres, des métiers moyens, des familles banales, sans perspective de grandes écoles, qu'elles soient de commerce ou scientifiques. Encore moins de grandes études littéraires. Les enfants de la bourgeoisie locale espèrent, eux, devenir ingénieur, médecin, avocat ; ou reprendre les affaires familiales.

Une majorité d'entre eux habitent à Rambouillet, certains, comme moi, à Gazeran, ce charmant village, à dix minutes du lycée, de l'autre côté du domaine du château. Quand l'un ou l'autre de leurs parents viennent me voir à la fin des cours c'est d'abord, comme à Bondy, pour se plaindre que je demande à leurs enfants de lire des livres qui ne sont pas au programme, puis pour me dire du mal de l'autre parent, et enfin, si la confiance s'installe, pour se désoler du comportement de leur progéniture, qui semble totalement leur échapper.

Au fond, je ne sais rien de ces adolescents. Que cachent leur tristesse, leur bouderie, leur mutisme, leurs larmes ? Sont-ils ravagés par les disputes, les échecs, les dépressions des parents ? Manquent-ils d'amour ? Ou en reçoivent-ils trop ? Sont-ils victimes de…

Ça suffit, je dois éviter de me projeter sur eux. Ils n'ont pas nécessairement vécu les mêmes naufrages que moi.

Je dois rester leur professeure de français, et rien d'autre.

La semaine dernière, juste après la rentrée, j'ai essayé de leur parler de Borges, de son art de faire vivre des réalités multiples (en particulier dans *Uqbar*, son œuvre que je préfère) et de sa passion des labyrinthes. J'avais longuement préparé mon cours, en m'appuyant sur les commentaires érudits et lumineux de Roger Caillois. Cela n'a pas servi à grand-chose... Ils se sont contentés de glousser et de faire des blagues idiotes, se moquant les uns des autres (« C'est comme la mère d'Inès, Madame : elle aussi, elle vit dans des "réalités multiples" depuis que son mari l'a chopée avec un autre mec ! »). Puis, j'ai voulu tenter ma chance avec *Le Baron perché* d'Italo Calvino, ce roman que j'aime tant, pour leur montrer qu'il est possible de choisir sa vie, de ne pas céder aux conventions sociales, de s'extraire de son milieu. J'avais pensé que c'était aussi une façon ludique d'aborder les Lumières de les pousser à lire. Je n'ai récolté que des plaintes indignées (« Mais, Madame, c'est pas au programme ! »), des ricanements (« Passer sa vie dans un arbre, ça se fait pas ! ») et des remarques graveleuses (« Elles sont où les toilettes, Madame, dans l'arbre ? » ou : « Avec les meufs, il fait comment ? »).

Depuis la rentrée, seules les traductions d'un poème de Khalil Gibran et de quelques sonnets plus ou moins érotiques de Shakespeare ont trouvé grâce aux yeux des meilleurs.

Au fond, je les envie. Les filles sont bien plus libres que je ne l'étais à leur âge. Elles ont tant de moyens que je n'avais pas, tant de droits que je ne réclamais pas ! Elles grandissent après la révolution *me too* et ont intégré qu'elles peuvent se faire entendre, refuser certains comportements plus facilement que moi ; même si les viols, le harcèlement et la violence continuent.

Je les envie aussi, parfois, de n'être que superficiels, de se laisser glisser à la surface de la vie. Les filles ont-elles rien traversé ? Ne sont-elles que des amatrices de fringues ? Et les garçons, de drague et de jeux vidéo ? Et si c'était cela, le bonheur ?

Il y a quinze ans, quand j'étais élève au lycée Molière, à Paris, où nous nous étions installées, ma mère et moi, après avoir quitté Bordeaux, il y avait encore quelques filles et quelques garçons pour dévorer tous les livres qu'on pouvait trouver. On aimait y chercher ce qu'on pouvait rêver de meilleur pour nos propres vies : l'amour. L'aventure. Les surprises. Nous espérions vraiment que la vie nous ferait vivre de tels moments, ressentir des émotions aussi intenses que les personnages des romans que nous lisions. Nous étions convaincus que nous serions un jour aussi amoureux ou amoureuses que Madame Bovary, aussi aimés ou aimées que la princesse de Clèves, aussi fous d'amour qu'Adolphe, aussi intrépides qu'Edmond Dantès.

C'est presque fini aujourd'hui.

La plupart des jeunes, ici en tout cas, comme à Bondy, ne lisent rien. Ils sont accrochés à leurs téléphones, aux réseaux sociaux, à leurs jeux vidéo. Et pour certains, ils y ajoutent de l'alcool et diverses drogues. Personne ne leur propose un idéal, moins encore un sens à leur vie, sauf celui de briller sur Facebook, TikTok ou Twitch. Et celui de détruire les autres. Pour certains d'entre eux, filles et garçons, l'amour n'est même plus important. Rien ne semble pouvoir les tirer de leur mal-être adolescent. Certains se doutent que l'avenir sera terrible, que la planète se réchauffe et que le malheur vient pour tous ; mais ils l'acceptent comme une fatalité, une catastrophe inexorable, et refusent d'y réfléchir.

La plupart des filles ne pensent qu'à se maquiller, à acheter des vêtements et à se mettre en scène sur Instagram. Leur vision de l'amour est cynique, matérialiste, dénué de tout romantisme. Leur vision du sexe est pathétique : elles croient tout en connaître dès la sixième, grâce à YouTube.

Elles sont totalement obsédées par TikTok, qui dévore leur temps. Certaines jouent à des jeux vidéo, comme les garçons. Celles qui lisent encore ne s'attardent que sur des romans d'amour grotesques, écrits avec deux pouces sur un téléphone ; ceux de Claire Norton, d'Emma Green, de Tillie Cole. Les plus accros lisent des livres épouvantables, de « dark romance ». J'ai essayé de lire celui qu'elles adorent toutes en ce moment : *Captive*, d'une certaine Sarah Rivens, l'histoire d'une jeune fille prisonnière d'un chef de gang, soumise à tous ses sévices, jusqu'à ce qu'il la cède à un autre chef de gang qui, lui, hait les femmes, mais dont elle tombe malgré tout amoureuse… On en est au sixième tome ! Ce serait risible si ce n'était pas si pathétique.

Les rares élèves qui se prennent pour des intellectuelles se vantent de lire Marc Levy, Mélissa Da Costa, ou, pour les plus sophistiqués, Paulo Coelho ; et d'y trouver la philosophie la plus profonde. Presque aucune n'a envie d'étudier sérieusement ni, plus tard, de travailler vraiment : à quoi bon ? On fait déjà trop d'argent comme influenceuse, disent-elles. Ou même, murmurent certaines en pouffant, en vendant des photos sur OnlyFans, sur MYM, ou un autre site du même genre. Le font-elles vraiment ? Y gagnent-elles autant qu'elles le disent ? Certaines vont même jusqu'à se vanter d'y vendre leurs petites culottes… Pourquoi travailler, si on peut gagner si facilement autant d'argent ? Sauf pour celles qu'elles n'appellent plus « les moches » ou « les grosses », comme dans ma génération, mais qui restent les objets de tous leurs sarcasmes sournois. Si elles savaient combien j'aurais voulu, moi aussi, à leur âge, être une « moche » !

Certains travaillent et ont de vraies ambitions, exigences. Parfois, de l'une d'elles vient une phrase qui me bouleverse. L'autre jour, en rendant une première copie à une élève de terminale, qui prétendait ne pas avoir eu le temps de travailler, j'ai dit, bêtement, sans vraiment y penser : « Sarah, quand on veut, on peut. » Elle m'a fixée, comme si je venais de lui lancer la plus terrible des insultes, et elle a marmonné : « Il faut pouvoir vouloir, Madame. » J'ai eu honte. Je n'oublierai pas son regard.

Les garçons, eux, pour la plupart, ne parlent que de sexe, de territoires, de bagarres, de gangs, de basket, de foot et de jeux vidéo. Oh, les jeux vidéo, ces assassins de l'enfance ! Très peu lisent, encore moins que les filles. Ils n'ont, eux non plus, aucune idée de l'amour et ne savent pas tenter de séduire sans harceler, ni se défier entre garçons sans tenter de se détruire. Eux aussi, comme les filles, sont complètement accros à TikTok, qui les ronge de l'intérieur. Quand je leur parle de livres, cela n'évoque rien pour eux ; sauf, pour certains, les mangas. Pour entrer dans leur univers, j'ai essayé d'en lire : *Naruto*, *Boruto*, *One Piece*, *L'Attaque des Titans* des personnages très imaginatifs. Toujours des bagarres, des matchs de foot ou des histoires d'extraterrestres qui viennent sauver un enfant en difficulté. Sauf un, qu'une collègue m'a dit avoir beaucoup aimé, *Quartier lointain*, d'un certain Jirō Taniguchi, dont j'ai découvert ensuite qu'il était mondialement célèbre. Bouleversant. Ces va-et-vient entre le présent, le passé, le futur, dont on ne sait s'ils sont réels ou virtuels ; ce mélange de plusieurs univers dont on hésite à décider lequel est la réalité et lesquels sont des fictions, ou des dystopies ; c'est si subtil ! On y croit dès la première image.

Finalement, c'est là toute la littérature : faire croire en la réalité de l'imaginaire, même et surtout s'il nous entraîne sur des chemins totalement illogiques ; parce que l'illogisme est la marque du rêve et la forme absolue de la liberté. Surtout quand, à la fin du livre, on se rend compte que tout ce qui est dit, depuis la première ligne, aurait dû conduire le lecteur à deviner où l'auteur voulait l'emmener.

J'enrage d'écrire ça : même mes réflexions sur la littérature sont médiocres ! Et plus je lis des chefs-d'œuvre, plus je me sens écrasée par la banalité de mes propres réflexions. Ne serai-je donc jamais rien d'autre qu'une petite prof de lycée ?

Pourtant, je crois que j'ai beaucoup à dire. Je ne dois pas renoncer. Je viens de trop loin pour me contenter de cela.

Je dois trouver un jour les mots pour raconter mon histoire, réussir à tout écrire. Et publier. Tout.

30 septembre 2026

Mes élèves ne savent rien de moi. Comment leur dire ? Comprendraient-ils ? L'année dernière, l'une d'entre elles m'a demandé ce que je lisais quand j'étais petite fille. J'ai menti. Aurait-elle compris si je lui avais raconté que je ne lisais rien parce que mon grand-père paternel, Ernest Demortier, me faisait la lecture tous les soirs ? Mes élèves pourraient-ils seulement imaginer le luxe de cette vaste demeure de Pessac, près de Bordeaux, ancrée dans les vignes et voisine de la grande cave vinicole que gère ma famille depuis un siècle et demi ? Pourraient-ils imaginer ce qui s'y passait vraiment ?

Mon grand-père… heureusement qu'il était là !

Longtemps je lui ai demandé de me lire des livres pour enfants, comme ceux dont parlaient les maîtresses en classe, mais, lui, refusait : il ne voulait me raconter que des histoires écrites par lui, et pour moi seule. Ces histoires, il les calligraphiait dans de merveilleux cahiers, à couverture dorée, sur un papier doux comme une caresse, qu'il me laissait après chaque lecture, sans jamais me révéler qu'il en était l'auteur.

Cela a commencé, quand j'avais cinq ans, par l'histoire d'une petite fille cueillant des fleurs ; puis cette petite fille a grandi ; elle est devenue une jeune femme qui vendait des fleurs ; puis elle fut, dans ses histoires, poursuivie par des méchants. Puis elle fit partie d'un groupe qui essayait de combattre les méchants ; il leur arrivait plein d'aventures fantastiques. Quand mon grand-père partait, je m'enfermais comme je pouvais pour que mon père…

Ce n'est que bien plus tard que j'ai découvert que mon grand-père me racontait ainsi l'histoire du grand amour de sa vie, ma grand-mère, Sylvie Bonnieux, qu'il avait connue quand ils étaient enfants tous les deux, vers 1925, à Pessac. Le père de la petite était un militant communiste, ouvrier dans l'exploitation de notre famille. En 1937, devant le scandale qu'avait causé la découverte de leur liaison, le père Bonnieux avait été licencié et sa famille avait dû quitter Pessac. Sylvie était devenue fleuriste à Paris. Mon grand-père était allé la chercher et ils s'étaient mariés très vite, malgré la fureur de ses parents, qui avaient menacé de le déshériter. Ils s'étaient installés à Paris. En mars 1942, elle avait appris que son père, Louis Bonnieux, venait d'être arrêté à Libourne et fusillé par les Allemands. Ils étaient revenus à Bordeaux. Mon grand-père avait trouvé un emploi dans une autre maison de négoce de vin. Contre l'avis de son mari et alors qu'elle était enceinte de mon père, Sylvie s'était engagée dans le réseau de résistance de son père, dirigé par le grand Georges Bonnac. Elle avait échappé à deux arrestations, avait accouché dans une clinique supposée sûre, mais y avait, malgré tout, été arrêtée, juste après la naissance de mon père, sur dénonciation. On n'a jamais su de qui.

Mon grand-père s'était alors précipité au siège de la Kommandantur, à l'hôtel Ballande, place Pey-Berland, à Bordeaux. Il n'avait pas pu voir ma grand-mère ; on lui avait juste remis le nouveau-né, c'est-à-dire mon père. Mon grand-père avait supplié son père de faire libérer Sylvie. Ce patriarche, alors un des hommes les plus puissants de Bordeaux, était très proche d'un des sous-préfets du gouvernement de Vichy, un certain Maurice Papon ; il avait refusé d'intervenir. Quelques jours plus tard, mon grand-père avait appris que ma grand-mère avait été envoyée au fort du Hâ et qu'elle avait été torturée pendant une semaine par Friedrich Wilhem Dose, le chef local de la SS. Mon grand-père avait essayé de la faire évader, en prenant tous les risques, avec l'aide des FTP, que dirigeaient encore ses amis René et Hélène Antoine ; mais, avant qu'ils ne puissent tenter quoi que ce soit, les Allemands l'avaient mise dans un train pour Buchenwald. J'ai appris tout cela beaucoup plus tard, par Michel, le fils de René Antoine, lequel avait été arrêté et fusillé juste après, en septembre 1942.

Mon grand-père, qui était pourtant si pacifiste, avait alors laissé son fils, qu'il avait prénommé Charles, comme de Gaulle, à des cousins de sa femme et il avait rejoint le maquis, où il prit tous les risques pour des sabotages insensés. En juin 1944, il fit partie des FFI assiégés à Saucats par les forces allemandes et par la milice. Il a échappé de très peu au massacre.

Sylvie n'est jamais revenue des camps. Après la guerre, mon grand-père n'admit jamais sa mort. Il l'attendit. Il reprit son fils. Il a adhéré au parti communiste et y est resté toute sa vie. Il ne parla plus jamais à son père, qui fit pourtant tout pour se rapprocher de lui, et il ne revint dans la firme familiale qu'après la mort de celui-ci. C'est lui, Ernest Demortier, qui a alors transformé la firme, qui n'était encore qu'une cave à vin, en achetant des parcelles de Pessac-Leognan, juste à côté. Il s'intéressa à tout, de la santé des sols au processus de vinification. Refusant d'accompagner ses amis à la chasse, il a commencé aussi à s'intéresser aux oiseaux et il est devenu un des meilleurs ornithologues amateurs du pays.

Ernest n'a jamais pu accepter la mort de sa femme. Jusqu'à la fin de sa vie, il parlait d'elle comme si elle allait ouvrir la porte de la maison et nous rejoindre dans le grand salon, où trônait sa photo. Parfois, je devinais chez lui comme un sentiment de culpabilité ; comme s'il s'en voulait d'avoir survécu. Que s'était-il vraiment passé ? Je n'en saurai jamais rien…

Les remords. Je connais cela. Le remords du survivant qui voudrait être mort… Le remords de la victime qui pense être coupable…

Son fils, mon père, Charles, ne s'intéressait à rien, ni aux études, ni au travail, ni aux gens. Il resta longtemps célibataire et paresseux, refusant tous les partis qu'on lui proposait, voyageant sans cesse. Il se prétendait communiste et vivait comme un grand bourgeois, dans sa façon de s'habiller et de vivre, mais aussi dans son mépris des gens. Son père, qui avait espéré retrouver en son fils quelque chose de sa femme, semblait profondément déçu. Leurs disputes étaient terribles. J'ai compris plus tard que mon grand-père reprochait à son fils ses fréquentations, ses aventures et, ce que j'ignorais encore, ses perversions.

En 1991, alors âgé de 49 ans, Charles rencontra celle qui allait devenir ma mère, Lucie Billy, dans la pâtisserie où elle travaillait. Et, pour la première fois, il fut amoureux d'une femme. Et non pas d'une petite fille ou d'une ado…

Elle avait 20 ans ; vingt-neuf ans de moins que lui. Elle était seule : son père, mon grand-père maternel, avait été maçon et était mort très jeune d'un accident sur un chantier. Cette différence d'âge choqua terriblement. On ne la reprocha pas à mon père, mais à ma mère. Il n'en fallut pas plus pour que les cousins et cousines de mon père la traitent d'aventurière. Mon père en riait. Il disait qu'épouser une ouvrière, alors qu'il avait refusé tous les partis que sa famille lui proposait, et que tout le monde pensait qu'il resterait célibataire, était une sorte d'accomplissement, un hommage à sa propre mère, qu'il n'avait pas connue. Mon grand-père l'a tout de suite adoptée, soutenue, aidée.

Ma mère, qui alors adorait mon père, se moquait de lui gentiment : l'avait-il épousée pour connaître intimement la vie des prolétaires ? Elle allait parfois avec lui et son beau-père aux fêtes du parti communiste à Bordeaux ou à Bègles.

Mon père continuait de voyager seul. Souvent. Cela, ma mère faisait semblant de ne pas s'en préoccuper.

Je suis née en 1993. C'est mon grand-père qui suggéra mon prénom, Eloa. L'héroïne d'un poème de Vigny, qu'il aimait par-dessus tout.

Je n'ai gardé aucun souvenir de mes premières années. Sinon que ma mère ne s'occupait pas de moi. Et que je ne voyais que trop mon père. Beaucoup trop.

Quand j'ai eu 5 ans, j'ai refusé de l'accompagner où que ce soit ; je prétextais des migraines, si fortes qu'elles me faisaient vomir. J'avais si peur qu'il ne me croie pas, que je réussissais à les provoquer. J'ai souvent espéré que ma mère… mais non… Je la méprise pour cela. Je la plains. Je la hais.

Mon grand-père comprit enfin qu'il ne fallait pas me laisser seule avec mon père et il donna les instructions nécessaires. C'est à ce moment qu'il a commencé à inventer les aventures de la fleuriste.

J'ai commencé à rêver, d'une façon chaque fois plus réaliste, que je tentais de camoufler un meurtre, commis de longues années auparavant ; un meurtre resté impuni, sans que les enquêteurs renoncent à trouver le corps et le coupable. Je ne savais pas qui était la victime mais je me savais coupable. C'était précis, extrêmement prégnant. Beaucoup de gens de mon entourage, dont ma mère, traversaient ce rêve ; ils savaient tout de ma culpabilité mais ne me dénonçaient pas. Au réveil, j'avais toujours le plus grand mal à échapper à son souvenir, qui s'ajoutait à ceux, identiques, des nuits précédentes, sans plus savoir si mon crime était réel ou s'il n'était que la trace absurde d'un mauvais rêve.

Et puis un soir, j'avais 8 ans, mon grand-père ne voulut plus me parler de cette fleuriste. Je n'insistai pas. Il continua à me faire la lecture de textes recopiés par lui, mais c'étaient désormais des extraits de romans ; d'abord, de la comtesse de Ségur ; puis vinrent *Les Fables* de La Fontaine, et beaucoup de poètes : Ronsard, Lamartine, Hugo, Vigny ; puis Molière, Balzac, Zola, Dumas, Pagnol, Calvino (ah, Calvino, il l'adorait plus que tout !). Il avait toujours une lecture sociale de chacun de ces textes. Y compris des *Fables* de La Fontaine, qu'il détestait (« Quand sa morale dit blanc, il faut croire que c'est noir »), et des romans de la comtesse de Ségur, et où il décryptait, à partir des conversations des enfants, l'organisation des classes sociales de l'époque. Puis il me laissait les textes qu'il avait lus et c'est avec eux que j'ai vraiment appris à lire.

Quand j'ai eu 12 ans, il a commencé à me faire lire des livres de Zola, Aragon, Racine, Cervantes, Steinbeck. Des textes difficiles pour une enfant de mon âge. Pour ne pas le décevoir, je m'accrochais. Il m'a ouvert ainsi des portes vers des mondes que je fréquente encore. Il me racontait aussi les grandes heures de la viticulture et des luttes sociales, qu'il avait affrontées à la fois comme patron, comme communiste et comme vigneron. Il me disait l'importance de l'harmonie de l'espèce humaine avec la nature et de la bienveillance pour tout ce qui est vivant. Il resta, malgré son statut dans la bourgeoisie bordelaise, fidèle au parti communiste, dans toutes ses contorsions idéologiques. Une fois, il me fit monter sur un arbre, et y rester un jour entier, comme le héros du *Baron perché* de Calvino, pour ressentir le plaisir d'être différent et rebelle. Jusqu'à la fin il garda sa passion des oiseaux et il m'apprit à reconnaître le chant d'une sterne, d'une buse, d'un cormoran, d'une aigrette garzette, d'une sarcelle d'hiver, d'un goéland, d'un coulis cendré, d'un tournepierre à collier. Non seulement il savait dire leur espèce et leur sexe, mais aussi, rien qu'en les écoutant, la signification de chaque mélodie.

Mes cauchemars étaient toujours là. Ils commençaient désormais par une épouvantable crise de migraine, que je n'avais plus besoin de provoquer depuis longtemps.

Je me détestais. Je détestais être une fille. Je n'avais pas envie non plus d'être un garçon. Je voulais n'être rien. J'ai tenté… Deux fois.

Quand mon père est mort, en 2006, à 63 ans, d'une crise cardiaque inattendue, j'avais 13 ans. J'ai refusé d'aller à ses obsèques, au grand scandale de ma famille. Ni ma mère ni mon grand-père n'ont insisté pour que j'y assiste. Mes cauchemars ont peu à peu disparu.

Malgré les supplications de mon grand-père et les miennes, ma mère a décidé de quitter Pessac. Je ne voulais pas partir. Rien n'y a fait. Mon grand-père a proposé de me garder ; ma mère a refusé et nous sommes parties à Paris. Je pense qu'elle y avait un amant, que je n'ai jamais rencontré. Nous étions en très mauvais termes. Mon adolescence ne fut que colère. Elle a décliné le soutien de mon grand-père, sauf pour financer mes études, au lycée Molière, puis à la faculté des lettres de la Sorbonne.

Nous rentrions à Pessac pour les vacances. Mon grand-père était toujours là ; malgré son âge, sa mémoire était intacte ; il adorait encore me guider dans mes lectures. Souvent, de Paris, je lui envoyais des messages ou je lui téléphonais, en cachette de ma mère, pour avoir ses conseils.

Ma mère s'est mise à travailler : fleuriste, évidemment… Elle l'est restée quelques années, avant de mourir, en 2014, à 44 ans, d'un cancer foudroyant.

La même année que mon grand-père ; il avait 93 ans. Il avait été toute ma vie. Il m'a légué sa collection d'enregistrements de chants d'oiseaux ; je l'ai encore. À sa mort, j'ai repensé à une phrase du *Château de ma mère* de Pagnol, qu'il m'avait lu : « Telle est la vie des hommes. Quelques joies, très vite effacées par d'inoubliables chagrins. Il n'est pas nécessaire de le dire aux enfants. » Et enfant, il me l'avait caché, autant qu'il l'avait pu.

Plus rien ne me retenait en France.

L'année suivante, ma licence de lettres en poche, je suis partie à Perth, en Australie, pour un stage d'anglais. Et c'est là que j'ai rencontré Harry Steinfort. Il avait 22 ans de plus que moi. Il était professeur de littérature américaine et australienne. Il était fort, comme l'ancien rugbyman qu'il avait été ; il parlait très bien, connaissait tout de John Steinbeck, de Patrick White, de Colleen McCullough et des coutumes aborigènes, en particulier de leurs croyances en la vie des pierres, en l'âme des arbres, et en ce qu'ils appellent « le temps du rêve ». Il en parlait si bien ! Il me racontait son initiation aux rituels aborigènes, les épreuves par lesquelles il avait dû passer pour être admis ; des épreuves physiques éprouvantes et surtout, disait-il, des épreuves morales, auxquelles peu d'hommes résistaient. Il me raconta qu'il tenait son courage de son grand-père, qui avait été arrêté par les nazis à trois reprises entre ses 15 ans et ses 18 ans à Kiev, où il était né. Ce grand-père, après la guerre, avait réussi à fuir l'Union soviétique pour s'installer en Australie « afin d'être libre ». Il avait pourtant passé le reste de sa vie, disait Harry en éclatant du rire énorme dont il ponctuait chacune de ses phrases, dans un obscur emploi de comptable pour une usine de produits de lessive, dans le Queensland.

Harry m'a fasciné. Je l'ai pris pour un héros. Enfin, je réussissais à ne pas être dégoûtée par un homme. J'ai compris plus tard qu'il m'attirait surtout parce qu'il ressemblait à l'image que je me faisais de mon grand-père, à son âge : insolent, drôle, courageux, cultivé, libre.

Pourtant, il ne valait pas mieux que mon père : j'ai réalisé que la plupart des choses qu'il racontait sur son enfance était fausses ; qu'il collectionnait les étudiantes, très jeunes, qu'il buvait et qu'il jouait. Et qu'il avait des goûts trop particuliers pour moi. Il n'empêche. J'avais décidé de l'aimer et je refusais de voir le reste. Il s'intéressait vraiment à moi et cela me suffisait. Mes cauchemars revinrent un peu. Puis disparurent de nouveau. J'ai pris cela pour un bon signe. Le consul honoraire de France à Perth nous a mariés. Quatre mois après notre rencontre.

Pourquoi est-on si souvent attiré par le pire ? Pourquoi les filles sont-elles si fréquemment, comme l'héroïne de *Captive*, ce si mauvais roman, amoureuses de leur bourreau ? Pourquoi aime-t-on jouir de la servitude ?

Trois mois plus tard, quand je lui ai annoncé qu'il allait être père, Harry m'a quittée sans un mot. Il a simplement disparu. J'ai maudit le jour de notre rencontre.

Puis j'ai pensé qu'on regrette toujours les folies qu'on n'a pas faites, et j'ai gardé l'enfant et son nom. Victor Steinfort est né en mai 2016.

J'ai longtemps voulu croire que Harry m'avait aimée. Mais, comme le dit à peu près un personnage d'un roman : « Le souvenir des années passées avec lui était plus heureux que ce qu'elles furent en réalité. » Est-ce Proust ? Ou encore Kundera ? L'un ou l'autre, en tout cas. Pour moi, il ne s'agissait pas « des années passées avec lui » : juste sept mois.

Nous ne nous sommes jamais revus. Je suppose qu'il est passé de femme en femme, qu'il a eu de nombreux enfants et d'innombrables métiers, plus ou moins imaginaires. Il a resurgi récemment, en me contactant sur les réseaux sociaux, après avoir vu des photos de Victor. Il a demandé à lui parler en vidéo. J'ai refusé. Et j'ai fermé mon compte Instagram.

Je suis rentrée en France avec Victor. Rien que de tristement banal. Par paresse, je me suis réinstallée à Bordeaux, où j'ai terminé ma maîtrise, puis j'ai passé l'agrégation ; deux fois, en vain. Je me suis contentée du Capes. J'ai enseigné à Bondy, puis ici, à Rambouillet.

Depuis, j'ai plusieurs fois hésité devant l'amour ; à chaque fois, j'ai reculé. Plus aucun homme n'est entré durablement dans ma vie. Je suis sans doute trop exigeante. Trop insupportable. Trop maniaque, dirait mon fils. L'image de l'homme idéal était restée celle de mon grand-père ; l'image du monstre, celle de mon père. Harry avait été les deux à la fois.

Je me suis faite à la solitude. J'aime la compagnie de la musique, des livres et de l'eau ; j'aime Jacques Brel qui n'est pas du tout de ma génération, et Édith Piaf qui l'est encore moins. Les lacs, les rivières, les fleuves, la mer, les oiseaux me semblent une fréquentation plus douce, plus fidèle et vivante que celle d'aucun être humain

Gazeran, ce petit village qui jouxte le domaine du château de Rambouillet, est un des rares, en Île-de-France, où il y a encore beaucoup d'oiseaux. J'ai vite su les nommer : des cygnes tuberculés, des oies cendrées, des bernaches du Canada, des ouettes d'Égypte, des tadornes, des sarcelles, des harles bièvres.

J'aime, le soir, m'installer pour lire un peu, au bord d'un étang, ou d'une rivière. Ici à Gazeran, il y a la Drouette, et l'Eure.

Mais aucune grande cause ne s'est encore présentée à moi. J'en suis restée, pour le moment, à une vie modeste ; professeure certifiée de lettres.

J'ai commencé à enseigner, avec le sentiment de passer ma vie à attendre sans savoir quoi. Et puis j'ai compris que ce que j'attendais, c'étaient ces enfants nouveaux que je découvrais chaque année, à qui j'aime tant transmettre le peu que je sais.

Et pourtant, quelle illusion ! À quoi sert-il de tenter d'intéresser des adolescents à la littérature, sans parvenir à les convaincre que c'est d'eux qu'il est question dans les romans de Flaubert ou de Stendhal ? Sans réussir à leur montrer que maîtriser l'orthographe, la grammaire, la sémantique et la syntaxe est une arme infaillible pour réussir dans la vie.

Pour les intéresser, je leur parle de ce Louis Bascan, dont notre lycée porte le nom parce qu'il fut un grand résistant et qui, dès 1914, comprit l'importance du cinéma comme moyen pédagogique. Et je les invite à voir de grands classiques inspirés de grands romans pour les conduire à lire ces œuvres. Aucun succès. Ils préfèrent un tout autre cinéma… Je leur ai même fait l'an dernier un cours sur *Usual Suspects* (cette histoire d'un interrogatoire où le suspect improvise ses réponses à partir de ce qu'il observe autour de lui dans le commissariat) qui, pour moi est une des plus belles métaphores de l'inspiration romanesque.

Je voudrais que cela les amène, eux aussi, à faire fonctionner leur imagination à partir de leur quotidien. Pas plus de succès. Et même quand, pour faire simple, je leur parle de films inspirés de la vie à l'école, qu'il s'agisse du *Cercle des poètes disparus*, des *Choristes* ou d'*Entre les murs*, ils me répondent qu'ils ne s'y reconnaissent pas.

Je les aime tant ! Je voudrais tellement qu'ils me fassent confidence de leurs chagrins, de leurs drames intérieurs, de leurs souffrances intimes ! Je sens chez beaucoup d'entre eux énormément d'élégance, de sensibilité, d'ambition vraie qu'ils risquent de gâcher.

Est-ce ma faute ? Suis-je incapable d'obtenir leur confiance, de me faire aimer d'eux, de leur apprendre à être exigeants avec eux-mêmes, à se révolter ? de leur enseigner l'exigence, la douceur ? Suis-je même incapable de leur transmettre ma passion pour la littérature ?

Avant d'enseigner, c'était déjà la même chose : je ne parvenais pas à communiquer mon amour des livres à mes amis. Quand je lis un bon roman, je suis transportée dans son univers, je participe à la vie des personnages, je m'identifie à l'un, à l'autre, à tous. Mais, quand j'en parle, j'en fais toujours trop. Comme un chef d'orchestre qui connaîtrait parfaitement une partition mais qui ne saurait en faire ressentir la beauté à d'autres. Comme une mouette privée de ses ailes et qui ne peut enseigner à ses petits comment voler.

Certains professeurs semblent mieux y parvenir que moi. En tout cas, ils s'en vantent. Je les entends en salle des profs raconter leurs succès avec tel ou tel élève, qui, bien des années après, sont revenus les voir pour leur dire que leurs cours leur ont ouvert des horizons inconnus.

Sans doute devrais-je d'abord réussir tout cela avec mon fils.

J'ai élevé Victor comme j'ai pu, d'abord à Bordeaux, puis à Bondy, et maintenant à Rambouillet. Au début, c'était un enfant facile. J'ai tout fait pour ne pas l'étouffer de ma passion, lui laisser choisir mille et une choses, plutôt que de les lui imposer. J'ai essayé de lui faire pratiquer un sport, mais aucun ne l'a intéressé : ni le foot, ni l'escrime, ni le judo, ni aucun autre. Trop lymphatique, trop rêveur. J'ai essayé les échecs. Pas plus. Il ne s'est jamais douté des immenses efforts que j'ai faits pour apprendre à cuisiner, combien de nuits j'ai veillé sur lui, quand sa maladie a pris le dessus. Et combien j'ai eu du mal à me détendre quand elle s'est éloignée.

Il avait 6 ans quand nous nous sommes installés à Gazeran. Déjà, il adorait lire, toutes sortes de livres pour enfants et même pour adolescents, avec beaucoup d'avance sur son âge. J'en étais ravie ! Cela me rappelait ce que j'avais été à son âge. J'essayais de le guider, comme mon grand-père l'avait fait avec moi, mais il était beaucoup plus autonome que je ne l'avais été. Il choisissait lui-même ses lectures. Il ne me posait pas trop de questions sur son père, et semblait content de m'avoir toute à lui. Pendant quelques années, j'ai réussi à le tenir : il n'avait droit qu'à des livres, pas de télévision, pas de téléphone, pas de jeux vidéo. Il l'acceptait sans rechigner, avec gourmandise, même. Je m'imaginais déjà lui apprendre tout de la littérature. J'espérais même le voir venir puiser un livre parmi les miens.

Et puis, à l'âge de 8 ans, comme ses camarades, il a basculé vers les mangas. Impossible de le retenir. Et un an plus tard, il y a eu les jeux vidéo.

Ça a commencé par sa rencontre juste après notre arrivée, avec un étrange personnage qui venait de s'installer dans la maison en face de la nôtre. Il est très petit, toujours habillé d'un long manteau et d'un bonnet noir. Il porte des lunettes, avec des verres foncés et épais comme des galets. Il a un tic des épaules à intervalles réguliers. Il semble vivre seul. Il ne sort presque jamais de chez lui et reçoit peu, sinon des gens qui viennent comme en fraude, presque toujours la nuit. Et il n'allume quasiment jamais de lumière. Vraiment étrange.

Victor m'a expliqué que c'est un grand professionnel de jeux vidéo. Il se nommerait George Asserian. Ils se sont parlés à un arrêt de bus et il a invité Victor à venir chez lui avec quelques camarades de sa classe pour parler de jeux vidéo. Je lui dis de se méfier, il n'est pas peut-être pas du tout un spécialiste des jeux vidéo, juste un maniaque qui a trouvé ce truc pour attirer des enfants chez lui. Je lui parle des dangers des prédateurs sexuels. Il me rit au nez : « Assez avec ça ! Tu m'en parles depuis que j'ai 3 ans ! C'est ton obsession ! D'abord, je n'irai jamais seul, chez George ! Et il ne s'intéresse pas à moi, ni aux garçons. Je crois qu'il a une amoureuse cachée. »

30 septembre 2026

Comme je le craignais, les jeux vidéo sont devenus l'obsession de Victor. J'avais pourtant tout fait pour l'en écarter. Il était facile de comprendre que ces jeux rendent addicts, insomniaques et éloignent des études.

Impossible pour moi de l'empêcher d'y jouer chez ses copains, chez son nouvel ami, en face de chez moi, ou au collège. Victor ne respectait plus aucun horaire, malgré mes colères et les punitions. La mort dans l'âme, j'ai préféré qu'il y joue chez nous. Je lui ai donc acheté une console et quelques jeux. En contrôlant les horaires autant que je peux.

Depuis, plus rien d'autre ne compte. Un véritable raz de marée.

Ce furent d'abord des jeux pas trop addictifs, comme *Mario Kart* ou *Fifa*. Puis, avec ses copains, ils sont passés à des jeux bien plus complexes et violents : *Légendes Pokémon*, *Xenoblade*, *Call of*

Duty, *Fortnite*, *Grand Theft Auto 6*, et d'autres dont je ne connais même pas les noms, qu'ils s'échangent et auxquels il joue en ligne dans sa chambre.

J'ai parlé encore hier aux parents de ses copains pour les prévenir des ravages que je constatais chez mon fils et chez certains de mes élèves. Ils ont haussé les épaules : « Les jeux, c'est bien, ça les occupe. »

J'ai essayé de le canaliser, de le conseiller, je me suis renseignée, je lui ai proposé d'essayer *Europa universalis*. Je l'ai testé avec lui, jusqu'au IV. Pas si mal pour comprendre le Moyen Âge. On pourrait même se servir de jeux de ce genre pour enseigner l'histoire, la géographie, les maths ou la littérature (un jeu autour de *Don Quichotte* ou des *Misérables*, par exemple ?).

Mais il a trouvé cela trop compliqué et trop lent. Et, comme ses camarades, il est retourné à des jeux de combat, de courses ou de foot. Toujours à l'affût du dernier jeu à la mode, qu'ils se prêtent mutuellement. Et maintenant, c'est *League of Legends*, *The Last of Us* et *Assassin's Creed*. Avec un bien meilleur graphisme et des décors plus léchés que les jeux éducatifs, il faut le reconnaître. Pas étonnant : les producteurs, dans ce métier comme dans tous les autres, ne fabriquent que ce qui se vend.

Comment leur dire que ces jeux ne sont que des prothèses illusoires, et que le bonheur ne vient jamais de l'illusion ?

J'ai tout essayé, pour qu'il s'intéresse à autre chose. La nature. Les oiseaux. La musique. Je lui ai proposé des romans de toute nature. D'aventure, d'amour. Même des romans plutôt osés pour son âge. Il s'est moqué : « Arrête avec ça ! Les romans, c'est beaucoup moins bien qu'un jeu vidéo ! Tous les deux racontent des histoires pas vraies. Mais au moins, dans un jeu vidéo, tu peux influer sur la vie des personnages ! »

2 octobre 2026

Victor joue maintenant à un tout nouveau jeu, dont parlent aussi, depuis quelques jours, beaucoup d'adolescents de mon lycée, pourtant plus âgés que lui : *A Happy World*, *Un monde bienheureux*. Si j'ai bien compris ce que m'en dit mon fils, et les bribes de conversations entre mes élèves, ce nouveau jeu se joue en ligne et il est complètement gratuit. Il se déroule sur trois ans, et suit la vie d'un prisonnier politique enfermé dans une prison secrète en Allemagne, pour avoir divulgué des informations confidentielles de l'Otan. Le prisonnier est connu dans le jeu sous le nom d'Ehud Elmer, et aussi (c'est très compliqué) sous le pseudonyme de Georg Elyes. Il doit s'évader avec l'aide des joueurs, qui sont nommés les « Vivants », pour détruire des puissances occultes qui gouverneraient le monde, que le jeu nomme les « Sombres », et dénoncer ceux qui prétendent gouverner ou s'opposer, mais qui n'ont en réalité aucun pouvoir, que le jeu nomme les « Illusionnistes ».

D'après ce que j'ai compris, plus les Sombres sont puissants, plus la nature se dégrade et moins la vie sur la planète est possible. Certains humains peuvent devenir des Vivants. Certains des Vivants peuvent devenir des Illusionnistes ou des Sombres, certains Sombres peuvent se faire passer pour des Vivants, selon des règles qu'il appartient aux joueurs de découvrir.

J'ai voulu y jouer, pour comprendre. Victor s'est moqué de moi, puis il a accepté et il m'a guidée. Je me suis installée avec lui. On l'a ouvert. Il m'a fallu d'abord apprendre à me servir des neuf boutons de la manette. Puis j'ai essayé avec le casque de réalité virtuelle et j'ai été fascinée. Pas seulement par son graphisme et sa simplicité de maniement. Mais surtout par l'extraordinaire description qu'il fait du monde d'aujourd'hui et de son évolution possible. Tout est incroyablement réaliste, précis, magnifique esthétiquement. On commence par suivre la jeunesse d'Ehud, dans un *summer camp* jusqu'à ce qu'il se retrouve en prison. À chaque fois il faut échapper à des pièges.

Le décor de la prison est prodigieux. Les bruits qu'on y entend sont insupportables. On s'y croirait.

Au moment où les portes de la prison s'ouvrent, c'est spectaculaire ; plusieurs fois, je me suis fait reprendre par d'horribles créatures, que le jeu présente comme des tueurs envoyés par les Sombres. La musique aussi est très impressionnante.

Victor éclatait de rire. Il a joué à ma place et il s'est évadé aisément ; j'ai repris la manette ensuite et j'ai réussi à aller sans trop d'encombres jusqu'au château (quelle beauté, ce château ! qu'est-ce qui l'a inspiré ?) et à la rencontre avec ses deux complices, Changii et Eloa. Eloa ? Le même prénom que moi ? Je pensais que personne ne portait ce prénom, que je croyais disparu depuis Vigny. En cherchant un peu, j'ai vu qu'il était redevenu à la mode.

Prise au jeu, je n'ai eu aucun mal à résoudre l'énigme qui devait les conduire à une planque sûre : l'abbaye de Sénanque. J'ai aimé quand s'est affiché : « Bien joué ! Passe au niveau suivant. » C'était très gratifiant et j'ai compris d'où pouvait venir l'addiction à ces jeux.

J'ai continué, participant à leur installation dans ce refuge. Quand il s'est agi de choisir quelles actions entreprendre, ça s'est compliqué. Je ne voulais ni tuer ni trahir. J'ai essayé de devenir une espionne, pour essayer d'infiltrer les Sombres et de comprendre ce qu'ils font de nuisible. Mais, à chaque fois, je me faisais prendre et le jeu affichait :

« *You are dead.* » Là, je me suis sentie de nouveau très frustrée et j'ai hésité à tout recommencer. J'ai laissé Victor continuer seul.

Pas étonnant que ce jeu fascine les adolescents. Ils y retrouvent tout ce qu'ils aiment : la bagarre, la compétition, les monstres, la victoire.

Je réessaierai cette nuit. Sans Victor.

17 octobre 2026

Grande discussion, dans la salle des profs, à propos de ce jeu vidéo. Les profs s'étonnent : la situation réelle de la planète ressemble de plus en plus à ce qui est décrit dans son scénario, qui pourtant, a dû être préparé il y a de nombreuses années, vu le temps nécessaire pour concevoir ce type de jeu ! Comment est-ce possible qu'ils aient si bien tout prévu ? Et les Sombres ? C'est un nom bien choisi pour désigner ceux qui dirigent tout, disent les plus radicaux.

Je n'ai pas voulu avouer que j'avais essayé. Plusieurs fois. Trop contraire à la culture du groupe.

Plusieurs professeurs disent que ce jeu est très dangereux parce qu'il conduit à une addiction terrible, plus encore que tous les autres ; et que toutes les études montrent que cette addiction entraîne une baisse des résultats scolaires, un désintérêt pour les relations amicales et familiales, qu'il nuit à la concentration, à la mémoire, et qu'il pousse à se priver de sommeil pour jouer. Victor n'en est pas encore là. Et moi non plus, mais…

D'autres surenchérissent : ce jeu est plus dangereux que les autres parce qu'il est extraordinairement réaliste, qu'il se joue surtout en réalité virtuelle et qu'il présente une caricature complotiste de l'Histoire ; pour eux, il n'y a pas de puissants cachés qui gouverneraient le monde en secret et les politiques sont vraiment responsables ; il est donc urgent, disent-ils, d'expliquer aux parents de nos élèves qu'ils doivent interdire à leurs enfants d'y jouer, si on ne veut pas fabriquer une génération de fascistes.

D'autres professeurs affirment au contraire que c'est un jeu très éducatif, qui rend les jeunes conscients des rouages du capitalisme. D'autres encore ajoutent que : ce jeu est très malin car il révèle que le fonctionnement du monde n'est pas déterminé seulement par l'économie ; et que, capitalisme ou pas, on est tous foutus si on ne devient pas très vite bien bienveillant, empathique, altruiste.

La plupart pensent que ce n'est qu'un jeu, pour faire du fric. Non, répondent les premiers : il est totalement gratuit, il n'y a pas de pub, personne ne paie même d'abonnement, ni de cotisations spéciales pour obtenir des moyens supplémentaires. C'est un jeu qui ne rapporte apparemment rien à personne et qui, pourtant, à l'étudier, a dû coûter une fortune à concevoir ; et on ne voit pas comment les auteurs du jeu se rémunèrent. D'ailleurs, qui sont-ils ? Il paraît qu'on ne les connaît pas et qu'ils font tout pour qu'on ne les démasque pas. Forcément des capitalistes, disent les autres ; des capitalistes très habiles, qui ont trouvé une nouvelle façon de gagner de l'argent. Beaucoup d'argent… Pas possible autrement. Mais comment ?

26 octobre 2026

Six heures du matin ; encore un cauchemar épouvantable, cette nuit. Il faut que je le note tout de suite : une fois de plus, je rêve que je tente de camoufler un meurtre que j'aurais commis il y a de longues années, et que je parviens à le dissimuler encore, sans que les enquêteurs renoncent à trouver le corps et le coupable. Jusqu'à présent, dans mon rêve, je ne savais pas qui était la victime, mais je me savais coupable. Cette fois-ci, pour la première fois, la victime était identifiée : c'était ma mère. Je l'aurais tuée par accident et j'aurai réussi à cacher son cadavre dans un tonneau de vin, dans la propriété de mon grand-père. Personne ne l'avait trouvée jusque-là, et je vivrais dans la hantise qu'on la découvre. Parmi les enquêteurs, dans mon rêve, il y a plusieurs de mes collègues que je vais croiser tout à l'heure au lycée. Des collègues à qui je ne parle presque jamais et qui, pourtant, dans mon rêve, s'acharnent, m'insultent, m'humilient pour me faire avouer.

Dix heures du matin : je ne réussis toujours pas à me convaincre que ce n'est qu'un rêve. J'ai sursauté tout à l'heure en croisant un collègue qui, dans mon rêve, m'avait frappée violemment. Il m'a regardée bizarrement.

C'est insupportable.

31 octobre 2026

En allant au lycée, je vois, dans le parc du château, beaucoup de chênes morts. Je ne les avais jamais remarqués.

Longue conversation avec Victor. C'est presque un adulte, mon petit Victor, maintenant. Que ces dix années sont passées vite ! Il est tellement raisonnable, tellement sage ! Je suis très fière de lui. Il m'a parlé d'un de ses camarades de classe dont le père a fait une tentative de suicide parce que sa femme l'a surpris avec un homme : il avait honte, non pas d'avoir trompé sa femme, mais qu'elle ait découvert qu'il était homosexuel. Je suis fier de la maturité avec laquelle Victor m'a parlé de cela. C'est un grand. Il est solide. J'ai tort de m'inquiéter pour lui.

On a parlé de sexualité. J'ai compris qu'il en savait beaucoup. Beaucoup trop et mal. Après tout, ces jeux sont moins dérangeants que les vidéos pornographiques qu'il commence à regarder, comme ses camarades. Elles sont même la seule vraie concurrence des jeux vidéo.

« Ne t'inquiète pas, m'explique-t-il sans se démonter, on ne joue jamais à des jeux vidéo pornographiques. Oui ! Il y en a plein ! »

J'en ai trouvé plusieurs, en cinq minutes, sur Internet : par exemple sur PornGamesHub ou sur Erogames. Et le meilleur du moment, disent-ils : *Cunt Empire*…

3 décembre 2026

Un homme est entré dans ma vie. En secret pour le moment. Je ne veux pas que cela se sache, pour protéger mon fils. Il est brun, très bouclé, et dit avoir 43 ans. Je suis fascinée quand il me fixe de ses yeux verts en amande, deux fentes traversant un visage très mat. Il me demande de l'appeler Khalil Gerson, tout en me disant que ce n'est pas son vrai nom…

Pour le moment, ce n'est pas un amant ; juste un compagnon. Je n'aurai sûrement jamais de relations physiques avec lui. Même si nos conversations sont parfois très intenses… Cela lui convient. Nous appelons cela notre « Grand Amour Secret ».

Je l'ai rencontré il y a un mois à Paris, où, pour mieux comprendre mes élèves, j'étais venue assister à un colloque sur « littérature et gaming ». Il était l'un des orateurs. Il s'est présenté comme un professeur de lettres dans une université du Moyen-Orient, ayant réfléchi aux relations entre littérature et nouveaux médias. Pour lui, expliqua-t-il, tout commence avec les labyrinthes, l'ancêtre commun du roman et du jeu vidéo. Le labyrinthe est en effet, selon lui, dans toutes les civilisations, la principale métaphore du voyage, et on le retrouve dans les récits homériques, jusqu'aux jeux vidéo, en passant par le mythe, la narration romanesque. Il cita Homère, la Bible, Hésiode, Virgile, Cervantes, Swift, Hölderlin, Butor, et des auteurs arabes que je ne connaissais pas. Il parla longuement de d'*Homo ludens*, un livre d'un certain Johan Huizinga, un Hollandais historien de l'art, qui aurait montré que tous les rites, tous les mythes, toutes les religions, tous les arts, toute la politique prennent leurs sources dans la passion fondatrice et universelle de l'humanité : le jeu. Passionnant.

Il ajouta : « Ce ne sont pas les jeux vidéo qui ressemblent de plus en plus à la vie, c'est la vie qui ressemble de plus en plus à des jeux. Les humains agissent comme des personnages de jeux, répondant à des punitions ou à des récompenses sommaires, passant d'un niveau à un autre comme avec un QR code. Et ceux qui refusent de “jouer le jeu” sont marginalisés. C'est à cela qu'il faut échapper. »

Puis il prit comme exemple ce nouveau jeu qui fait fureur alors qu'il est sorti il y a à peine deux mois, *Un monde bienheureux*.

« De fait, expliqua-t-il, tout est troublant, dans ce jeu. Il est d'un réalisme jamais atteint. Les personnages sont plus vrais que nature. La réalité virtuelle y est indiscernable du réel. Il utilise des technologies qu'on a pas utilité jusqu'à présent. On ne sait toujours pas qui en sont les auteurs. Aucune firme, aucun game designer ne l'a revendiqué. Personne n'a pu craquer le code de la signature qui en protège la propriété intellectuelle. Plus de deux cents millions de personnes y jouent à présent et on commence même à y jouer dans de grands stades, où des foules de plus en plus nombreuses viennent voir des équipes s'affronter. Sa capacité de prévoir le réel émerveille tout le monde, même si, ce qu'il décrit, ce sont juste les conséquences logiques, parfaitement prévisibles, de la situation du monde, tel que les auteurs ont pu l'analyser il y a quatre ou cinq ans, au moment où ils ont commencé à écrire leur scénario. Oui : si leur logiciel a vu juste, dit-il, la température va vite devenir insupportable en Inde, en Espagne, en Argentine ; les troupes de Pékin occuperont bientôt Vladivostok et débarqueront à Taïwan, sans que Moscou ni Washington réagissent ; si leur prévision est exacte, la reconquête de Taïwan échouera et, dans deux ans, Xi quittera le pouvoir ; un chaos s'installera à Pékin et à Moscou ; une guerre mondiale deviendra plus que probable. Espérons, continua Khalil, qu'au moins une petite fraction de ceux qui y joueront comprendront que la planète court ainsi à la catastrophe qu'ils ne resteront pas, comme tous les humains jusqu'ici, paralysés par l'ampleur des menaces ; et décideront d'agir vraiment, comme les Vivants. Espérons que de vrais Vivants se mettront en marche, pas seulement virtuellement ; qu'ils feront ce qu'il faut pour que ce scénario ne se réalise pas, pour que les partis fascistes ne l'emportent ni en Amérique, ni en France, ni dans d'autres démocraties, pour éliminer les énergies fossiles, maîtriser le climat, lancer de grands projets de trains et d'agriculture raisonnée, et réduire les injustices, pour défendre la démocratie, pour que les industries de la mort soient interdites. Espérons que les joueurs comprendront qui sont vraiment les Sombres, dans le monde réel, et décideront de s'en prendre sérieusement à eux. »

Après cette conférence, nous avons parlé, toute la nuit. Il m'a expliqué que, pour lui, les Sombres ne sont pas des personnes qu'on pourrait localiser ; et qu'il ne servirait à rien de détruire des puissants du moment qui seront aisément remplacés ; on l'a vu avec toutes les révolutions, qui n'ont rien changé. Il faut modifier les mécanismes qui envoient le monde vers le pire. Et pour cela, il faut comprendre que nous avons tous en nous, même le plus insignifiant des humains, une part de Sombre et une part d'Illusionniste. Et que c'est nous qu'il faut changer. C'est à nous de cesser d'agir en Sombre, de nous aveugler en Illusionniste, de nous soumettre en humain. J'ai protesté : en quoi suis-je une Sombre, moi ? Je ne suis qu'une petite professeure de littérature ! Il a ri. Il a semblé s'intéresser à moi. Je n'ai pas d'illusion. J'ai l'intuition qu'il me regarde comme un cobaye. Il ne m'a rien dit, lui, sinon qu'il mène en ce moment une vie plutôt compliquée et qu'il doit parfois se cacher. Pourquoi alors est-il venu faire cette conférence s'il a peur de se montrer ? Pour se construire un alibi ?

4 décembre 2026

Même ici, dans cette ville confortable, proche d'une des plus belles capitales du monde, dans un des pays les plus riches du monde, il est impossible de ne pas voir que la situation de la planète s'aggrave et qu'elle va peser sur chacune de nos vies, où que nous soyons, qui que nous soyons.

Chacun comprend maintenant que la température de la planète n'est plus sous contrôle : en Amérique latine, l'été actuel est infernal ; l'Amazonie est en feu, au Brésil et en Bolivie ; les gens paniquent, c'est le chaos absolu. Beaucoup pensent à émigrer. Mais où ? L'Europe reste encore vivable, même si les contrastes de température sont devenus parfois extrêmes. Si tout le monde s'y précipite, elle va se refermer plus encore qu'elle ne l'est déjà. Où aller ? Nulle part. La Terre est devenue une prison à ciel ouvert. Un piège créé par les hommes. Certains parlent de s'en échapper. Ridicule. Et trop tard. Pendant ce temps, les dirigeants politiques continuent de s'occuper de sujets minuscules.

Donald Trump, qui vient de gagner très largement les élections de mi-mandat (comme l'avait prévu le jeu), paie ce qu'il a promis à ses soutiens qui lui ont obtenu ses pardons, et accorde aux compagnies pétrolières tous les permis qu'elles lui réclament. Et, comme il l'a promis, il tente de terminer le mur qu'il avait commencé pour fermer totalement la frontière avec le Mexique, où un coup d'État a amené au pouvoir un homme des cartels. Les manifestations d'écologistes sont réprimées et le Congrès vient de voter une loi assimilant l'activisme écologique au terrorisme.

Et chez nous ? Là aussi tout se déroule comme prévu dans *Un monde bienheureux* : l'extrême droite, grande favorite pour les élections de mai prochain, continue de répéter que le dérèglement climatique n'existe pas et que le catastrophisme que véhiculent les médias ne vise qu'à faire accepter de plus en plus d'étrangers ; les gens au pouvoir n'ont pas fait grand-chose, mis à part s'agiter à travers le monde, en laissant se déliter l'Éducation nationale – je le vis tous les jours –, les hôpitaux, la police, et les finances publiques. Le Président finissant s'est lancé dans une tournée mondiale d'adieu à ses homologues, distillant le bilan imaginaire de ses dix ans d'inaction et rêvant de trouver un moyen de rester en charge, à Paris ou à Bruxelles. « Le plus grand des Illusionnistes », disent les médias, qui sont maintenant tous contre lui. Les candidats à sa succession se multiplient : à gauche, Mélenchon, Ruffin, Rousseau, Glucksmann, Cazeneuve et dix autres ; plus un candidat qu'on n'attendait pas et qui semble sérieux : Vincent Lindon. Au centre, Castex, Philippe, Borne, Attal. À droite, Darmanin et Lisnard ; à l'extrême droite Le Pen, Zemmour, et d'autres.

Pendant ce temps, partout dans le monde, *Un monde bienheureux* occupe de plus en plus les esprits. Beaucoup de gens sont tellement pris par ce jeu qu'ils parlent des Sombres comme s'ils existaient vraiment. Beaucoup de partis politiques, dans de nombreux pays, ont repris ce vocabulaire. On débat de savoir si les noms des Sombres ne sont pas indiqués, en crypté, dans le jeu vidéo. Certains croient en avoir rencontrés à Londres et à Zurich. Pour d'autres, le jeu donne d'autres pistes ; autant d'impasses. On continue à les chercher. D'innombrables médias publient à présent des listes, régulièrement mises à jour, de Sombres. Parmi eux, on trouve des hommes d'influence comme Klaus Schwab, des technologues comme Mark Zuckerberg et Elon Musk, des patrons de labos pharmaceutiques comme Albert Bourla, des financiers, comme Steve Schwarzman et James

P. Gorman, des mécènes comme Bill Gates et George Soros. Parmi les Illusionnistes, ils dénoncent surtout le président des États-Unis, et ceux de tous les pays du G20, ainsi que les chefs de leurs oppositions et la plupart des prix Nobel de la paix. Pendant que surgissent partout des groupes d'activistes qui prétendent être les « Vivants » ; qui se préparent à tuer ceux qu'ils désignent comme Sombres ou Illusionnistes.

Trop peu de gens pensent à changer de comportements, comme le suggère le jeu aux joueurs les plus avancés. Ils semblent que des Sombres ont composé des équipes de joueurs du *Monde bienheureux* en se faisant passer pour des Vivants et essayent de dérégler le jeu. Certains murmurent que plusieurs animateurs d'équipes de Vivant, particulièrement avancés, ont brusquement cessé de jouer. Sont-ils morts ? Intimidés ? Corrompus ?

J'ai revu plusieurs fois Khalil. Il est venu chez moi, à Gazeran. Qui est-il vraiment ? J'ai parfois le sentiment qu'il est sur ses gardes, qu'il surveille ma maison. Il se gare toujours à l'entrée du village, loin de chez moi. Est-il suivi, pourchassé, menacé ?

Quand mon fils lui a parlé de notre voisin, ce George Asserian, et qu'il lui a dit qu'il était un game designer, Khalil lui a demandé de le lui présenter.

30 décembre 2026

Khalil voit beaucoup mon voisin. En général seul. Parfois avec mon fils. Ils semblent s'entendre très bien tous les trois. L'autre soir, quand Khalil est arrivé chez moi, j'ai eu l'impression qu'il sortait de la maison d'en face. Il l'a nié en riant. Je ne l'ai pas cru. Qui est-il ? Qui sont-ils vraiment tous les deux ? Que font-ils ensemble ?

18 janvier 2027

Ce soir, j'ai vu passer un très grand nombre d'oiseaux dans le ciel. Des oiseaux que je n'avais jamais remarqués ici : ils sont noirs et blancs. Des sternes, sans aucun doute. Mais que font des oiseaux marins ici ? Mon grand-père aurait su, sans doute.

J'ai appelé Khalil. Il ne répond pas.

20 janvier 2027

Victor m'inquiète. Il semble prendre ce jeu beaucoup trop au sérieux. Il s'enferme pour jouer toute la nuit. Hier soir, il est venu m'expliquer qu'il ne voulait plus manger de sucre et que je devrai ne plus utiliser ma voiture « parce que cela ne sert que les intérêts des Sombres ».

— Les Sombres ? Mais ils n'existent pas ! Ce sont juste des personnages d'un jeu vidéo. Tu ne vas pas croire qu'ils sont vrais ? Réveille-toi ! Il n'y a pas de pouvoirs cachés. Et ceux qu'on appelle les Illusionnistes dans ton jeu, ceux qui dirigent les entreprises, ceux pour qui on vote ou ne vote pas, ce sont les vrais pouvoirs. Ne tombe pas, je t'en prie, dans le conspirationnisme. C'est juste un jeu.

Il me regarde avec commisération, hausse les épaules et retourne dans sa chambre.

Je n'aime pas cela du tout. Cette confusion entre le réel et le virtuel devient vraiment très dangereuse.

Il n'est pas le seul. De plus en plus de gens, dans tous les pays, toutes générations confondues, sont maintenant convaincus qu'*Un monde bienheureux* est une représentation fidèle de la réalité, que les Sombres sont des êtres de chair et de sang, et qu'il faut les nommer et les trouver, où qu'ils se cachent, afin de leur arracher le pouvoir et de libérer les humains.

Face à cela, dans les médias officiels, hommes politiques, économistes, sociologues, historiens, spécialistes des médias se succèdent pour expliquer que confondre une fiction avec la réalité est un symptôme immanquable de psychose. Et que, quand ce symptôme atteint toute une population, c'est annonciateur de terribles catastrophes. Ils ajoutent que de tels phénomènes de psychose collective se sont déjà manifestés dans l'Histoire, avec des conséquences dramatiques, telle la vague de suicides en Allemagne qui a suivi la publication des *Souffrances du jeune Werther*, de Goethe, en 1774. Ils précisent que le risque de déréalisation que renforce l'extrême réalisme de ce jeu est particulièrement dangereux. Ils citent le prix Nobel de médecine 2021, spécialiste de neurosciences, David Julius, qui vient de se dire terrifié par ce jeu : « les images de synthèse de ce jeu sont de si grande qualité qu'elles reproduisent les procédés naturels de construction de la représentation mentale et conduisent à confondre le jeu avec les fantasmes inconscients, puis avec la réalité consciente ». Cela s'appelle, prévient-il doctement, « une forme aiguë de schizophrénie collective ».

À cela les joueurs répondent qu'il est vraiment comique de voir des Illusionnistes expliquer que les Sombres, qui les manipulent, n'existent pas.

Toujours pas de nouvelles de Khalil. Il me manque. Pourquoi ? Je savais bien qu'il n'y aurait jamais rien entre nous. Et de toute façon, je ne suis pas douée pour le bonheur. Surtout, ne pas y penser. Ne pas souffrir. Me concentrer sur mon fils.

21 janvier 2027

J'ai eu tort hier de répondre de cette façon à Victor. À y bien réfléchir, Khalil avait raison. Nous sommes tous des Illusionnistes, parce que nous pensons tous avoir un peu de pouvoir sur les autres. Moi, par exemple, je crois en avoir sur mes élèves, et je n'en ai aucun. Et je suis un peu une Illusioniste, qui prend du plaisir à exercer du pouvoir.

30 janvier 2027

J'ai cru comprendre, en surprenant ses conversations avec certains de ses camarades, que Victor cherche à identifier des Sombres, à les dénoncer à la police, exactement comme dans le jeu. Et il n'a que 11 ans. Quand je lui reproche ces folies et que c'est très dangereux, il me répond, comme s'il répétait une leçon vite apprise : « Tu n'y comprends rien. Tu es aussi nulle que les autres. Vous êtes tous comme des enfants, à qui les adultes disent qu'on va leur enlever leurs bonbons s'ils continuent d'en manger trop, et qui se gavent jusqu'à être malades, avant qu'on ne les leur prenne ! Ehud Elmer, lui, avait tout compris. Il faut trouver tous les Sombres et les éliminer avant qu'ils ne nous éliminent tous, si on veut avoir une chance de survivre. Je ne veux pas mourir brûlé vif dans vingt ans à cause de ces connards. Et vos politiciens, ils ne servent à rien. On ne va quand même pas perdre notre temps à s'occuper d'eux ! Si ta génération n'a rien fait, si vous avez tous été lâches, paresseux, inconscients, pour sauver votre petit confort, nous, on va prendre les choses en main. Tu vas voir. »

Il a tellement changé ! En quelques semaines ! Ces mots ne sont pas les siens. Qui lui dicte tout cela ?

Selon ce qu'on entend dans les médias, il est loin d'être le seul : en Corée, la semaine dernière, un patron de Chaebol a été enlevé, à son domicile, par un groupe qui a signé : « Les Vivants ». Et comme la firme a refusé de payer une énorme rançon, il a été assassiné, très lentement, à coups de couteau. Le principal trader mondial du marché à terme de la viande est mort à Chicago, en tombant du balcon de son bureau, au 43e étage de la Willis Tower ; le président de la principale firme chinoise d'intelligence artificielle est entre la vie et la mort après avoir reçu une balle de golf télécommandée en pleine tête, au dix-huitième trou du Shanghai Shintao Golf Club. Des gens tout à fait ordinaires et discrets sont désignés publiquement comme des Sombres, puis assassinés. Parfois par leurs voisins qui voulaient juste s'emparer de leur jardin.

D'autres groupes inconnus s'attaquent à ceux que le jeu désigne comme les Illusionnistes : le nouveau président de la Commission européenne a été renversé alors qu'il circulait à vélo dans les rues d'Amsterdam ; il est entre la vie et la mort. Le directeur général d'Action contre la faim a fait savoir qu'il recevait des milliers de menaces de mort signées Ehud Elmer.

Et encore, il est vraisemblable que beaucoup d'autres opérations de ce genre ne sont pas médiatisées pour ne pas donner trop d'idées à d'autres ou pour masquer les pertes des entreprises qui les subissent.

Tout le monde est convaincu que rien de tout cela n'est le fruit du hasard et que cela n'aurait pas été possible sans une infiltration coordonnée des cercles de pouvoir par un groupe politique très organisé, dont on attend avec angoisse les prochaines manifestations. On parle d'un groupe en Russie ou en Corée du Nord, grands spécialistes des actions de cyber-attaques clandestines.

Reçu un message de Khalil : « Ne t'inquiète pas. Je reviens bientôt et je t'expliquerai tout. »

Les Sombres ne se laissent pas faire. Les manifestations sont réprimées. Greta Thunberg a disparu ; certains disent que sont corps a été retrouvé près d'une mine de Cobalt au Congo. Un lanceur d'alerte est recherché pour avoir mis en ligne un grand nombre de dossiers qu'il prétend avoir volés aux services secrets américains et allemands. Sa photo est partout. Il a les mêmes yeux verts que Khalil. Mais non. Impossible. Je deviens folle à le voir partout !

21 février 2027

Des dizaines de millions de gens, en Amérique, en Europe, en Inde, commencent à boycotter tout ce qui utilise de l'énergie fossile et du sucre. « Tout ce qui nourrit les Sombres », disent-ils, quand les médias les interrogent.

Dans mon lycée, comme dans beaucoup d'autres lieux, il est devenu à la mode pour les élèves de refuser la viande et le tabac, de ne plus acheter ni drogue ni bonbons, de pousser les parents à vendre leurs voitures et à ne plus prendre l'avion. Nombre d'élèves désertent les cours pour se lancer dans la permaculture.

Chaque jour le phénomène gagne en ampleur. Si cela continue, selon les médias, l'économie mondiale en sera sérieusement affectée. Les compagnies pétrolières, les grandes compagnies agroalimentaires, les fabricants de vêtements bon marché, toute l'industrie aéronautique et automobile, voient leur cours de Bourse s'effondrer.

22 février 2027

Victor m'explique que le jeu menace de détruire le capitalisme et que les Sombres vont tout faire pour le noyauter, le détruire et l'interdire.

— Tu verras, ils chercheront une façon de s'en débarrasser. Je suis certain qu'ils y travaillent déjà.

Il a raison : des industriels lancent d'énormes campagnes de publicité pour démontrer que, contrairement à ce que dit le jeu, leurs produits ne sont pas nuisibles. De nombreux prix Nobel d'économie et de médecine sont engagés à prix d'or pour participer à la lutte contre ce que ces grandes compagnies nomment « l'épidémie du jeu vidéo ». Des joueurs, de plus en plus nombreux, combattent les Vivants. Des mercenaires recrutés par les Sombres ?

Beaucoup d'oiseaux, des sternes encore, passent au-dessus de notre village ; ils tournent en tous sens. Chacun les regarde avec un peu d'inquiétude. J'ai au contraire le pressentiment qu'ils sont porteurs de bonnes nouvelles.

14 mars 2027

Cela ne pouvait pas durer. Aux États-Unis, en Chine, en Inde, en Russie, au Nigeria, en Espagne, au Japon, en Corée, en France, les pouvoirs politiques, poussés par les grandes firmes, ont décidé d'employer les grands moyens pour mettre fin à cette histoire qui, pour eux, n'a que trop duré. Cela a commencé par une grande campagne, financée par l'industrie pétrolière, pour faire interdire ce jeu vidéo. Mais sous quel prétexte ? Il n'est pas plus violent que beaucoup d'autres. Aussi, pour noyer le poisson, dans plusieurs pays dont les États-Unis, des politiciens proposent d'interdire en même temps d'autres jeux. Dans d'autres pays, comme la Chine, il est suggéré d'interdire tous les jeux vidéo, sous prétexte que cela est nocif pour les enfants, comme des études le démontrent depuis des années. Des études faites par les mêmes experts qui, quelques années plus tôt, avaient publié des rapports présentant des résultats inverses.

Personne, ni parmi les joueurs ni parmi les firmes de jeux vidéo, ne prend ces menaces très au sérieux : à supposer qu'on soit capable d'interdire de vendre et de jouer à des jeux vidéo, quels qu'ils soient, il en circulera toujours sur le Darknet. À moins de débrancher Internet et les réseaux sociaux, ce que certains proposent. D'autres vont plus loin encore et disent qu'il est tellement vital de mettre fin à cette épidémie de jeux vidéo, qu'il faut couper l'électricité à l'humanité tout entière. Pendant un bon moment. Après tout, on s'en est passé pendant très longtemps…

C'est évidemment une menace absurde. Personne n'y croit : les Sombres ne feront pas couler le monde, leur monde, pour sauver leurs profits, qui disparaîtraient en même temps. Ils devront trouver autre chose.

Changii n'est plus là. Sa maison est fermée. Victor semble savoir où il est allé…

De plus en plus de sternes tournent au-dessus de la maison ; elles sont maintenant très proches.

3 avril 2027

Il n'a pas fallu bien longtemps pour que beaucoup de joueurs trouvent que finalement, vivre dans *Le Monde bienheureux*, comme il est aujourd'hui, n'est pas si mal : si des gens y souffrent, c'est leur faute ; consommer des produits pleins de sucre est délicieusement transgressif, et rien de plus ; voyager, après tout, est une forme irréductible de liberté. Et si cela produit des désordres et du chaos, eh bien, ce n'est pas si grave. Beaucoup, surtout parmi les plus jeunes, trouvent ça très amusant ; et avec un peu de débrouillardise, dans un tel monde, on peut se faire une belle place ; comme on peut, depuis toujours, trouver du plaisir et des sensations fortes, et gagner beaucoup d'argent, en temps de guerre.

Ont-ils imaginé cela tout seuls, ou bien y ont-ils été conduit par la machine de propagande des Sombres ? Sont-ils eux-mêmes devenus des Sombres ?

En tout cas, c'est clair, proclament les meilleurs spécialistes du marketing : toutes les productions humaines, même les pires, si elles sont présentées comme subversives, deviennent l'objet de tous les désirs des consommateurs. Et, poursuivent-ils, il ne faut pas s'inquiéter : *Un monde bienheureux*, comme tous les autres jeux, les autres produits, les autres mœurs, les autres idéologies, les autres révoltes, les autres menaces, comme tant d'autres discours ou œuvres prétendument radicaux (dont beaucoup, parmi les puissants, ont craint, à un moment quelconque de l'Histoire, qu'ils détruisent l'ordre social), sera lui aussi avalé par l'ordre dominant. Par les Sombres, dirait l'auteur du jeu.

Je ne devrais pas être surprise. Je connais cela aussi en littérature : les colères de Hugo, de Tolstoï, les diatribes de Cendrars, de Perec, les imprécations de Villon, de Shakespeare, de Vian, de Kerouac, de Whitman, de Rand et de tant d'autres ont fini sagement dans des rayons de bibliothèques municipales et dans des cours de littérature pour jeunes gens de bonne famille. Et c'est la même chose avec le cinéma et avec la musique. Avec l'art en général. Duchamp lui-même n'a pas réussi à faire dérailler le train du commerce de l'art. Et si Duchamp n'a pas réussi, ce n'est pas un jeu vidéo qui va y parvenir.

Finalement, je plains les auteurs d'*Un monde bienheureux*, que personne n'a pu identifier jusqu'à présent, s'ils pensaient vraiment dynamiter le capitalisme, modifier les ressorts de l'Histoire, faire tomber les puissants, bouleverser les modes de vie et de consommation.

Non, la société les a pris au mot : le monde est bienheureux. Et rien ne peut lui enlever son sourire béat. Jusqu'à ce qu'il devienne un jour celui, hideux, de sa mort.

Car, dans la réalité, la situation est bien pire que ce que prédisait *Un monde bienheureux*. Et tout se met en place pour que, en 2029, à la date où est supposé commencer le jeu, ses prédictions les plus pessimistes soient largement dépassées : la production d'énergie fossile n'a jamais été aussi importante. Les émissions de gaz à effet de serre dépassent les pires prévisions. Le climat continue à s'affoler. Il fait en ce moment plus de 60 degrés à Buenos Aires, où l'été austral n'en finit pas de se terminer. La forêt amazonienne est en feu et Manáos a dû être évacué en urgence. La biodiversité africaine se dégrade plus vite que prévu. Partout, les ventes d'armes explosent. Le taux de suicide chez les jeunes en Asie augmente encore plus vite qu'aux États-Unis. De nouvelles drogues dérivées du Fentanyl commencent à y faire des ravages, comme en Europe et aux États-Unis. Le chiffre d'affaires de l'industrie des jeux vidéo dépasse celui de tous les médias, du cinéma et des plateformes réunis. La Chine se prépare à lancer une nouvelle attaque contre Taïwan – qui échouera, si l'on en croit le jeu. Les États-Unis sont maintenant durablement entre les mains d'isolationnistes xénophobes. Les élections belges ont porté au pouvoir une coalition de partis identitaires et d'une extrême droite soutenue par les cartels de la drogue. Et on ne voit pas comment la France pourrait ne pas basculer à son tour entre les mains d'une extrême droite habile et efficace, plus populaire que jamais, malgré les catastrophes épouvantables auxquelles devraient conduire son élection, si l'on en croit *Un monde bienheureux*.

Plus encore : contrairement à ce qu'espéraient sans doute les auteurs de ce jeu, ses pires prédictions n'empêchent pas leur réalisation ; elles fonctionnent même comme un vertige auquel on ne peut échapper. Au point que certains, en Amérique, pensent maintenant que les auteurs sont en fait des néoconservateurs, qui ont tout fait, par ce jeu, pour rendre cet avenir crédible. En Europe, et en France en particulier, beaucoup pensent aussi que l'extrême droite l'a financé, ou du moins en assure la diffusion. De fait, aux États-Unis, comme en France, en Allemagne, en Espagne, en Inde, en Grande-Bretagne, au Japon et en Chine, beaucoup de partis d'extrême droite, ou d'extrême gauche, reprennent à leur compte la dénonciation des Sombres, et ils y mêlent les riches, les Juifs, les journalistes, les banquiers dans une soupe brune fort amère.

7 avril 2027

Ce n'est pas possible de laisser faire cela. Ce n'est pas possible de laisser un des derniers combats pouvant peut-être sauver quelques miettes de l'humanité être ainsi détourné par ceux-là mêmes qui la détruisent. Ce n'est pas possible de laisser à Victor un enfer. Les Sombres doivent disparaître.

Devenir Vivant. Rester Vivant. Résister. Me joindre au combat.

Dans le ciel, passe un grand nuage d'oiseaux, les mêmes que j'observe depuis quelques jours ; des sternes encore. Des sternes de la famille des gelochelidons…

Je crois lire, écrit par eux, dans le ciel : « Bien joué. Vous êtes bien vivante. Le niveau 1 est terminé. Passez au suivant. »

FIN

Remerciements

D'abord, ma gratitude va à Stéphane Beurier, qui m'a guidé dans le labyrinthe des concepteurs de jeux vidéo et qui m'a permis de m'entretenir longuement avec deux autres maîtres anglais de ce métier, James Russell et Hugh Binns. J'ai tout appris d'eux.

J'ai bénéficié également d'innombrables conversations et d'une relecture exigeante avec diverses personnes, dont Jérémie Attali, Sandra Avesque et Paul Jorion. Et aussi une fois de plus, de la lecture à la fois exigeante et inspirante de Sophie de Closets.

Merci aussi à ses collaborateurs de Flammarion, si compétents et passionnés, chacun dans son domaine : Caroline Artémon, François Durkheim, Virginie Garrett, Laetitia Legay, Laure Legendarme, Vincent Le Tacon, Colette Malandain, Florine Moreau, Sandie Rigolt, Carole Saudejaud et leurs équipes.

Qui veut m'écrire peut le faire à l'adresse j@attali.com.

Du même auteur

Essais

Modèles politiques, PUF, 1972.

Analyse économique de la vie politique, PUF, 1973, 2015.

L'Anti-économique (avec Marc Guillaume), PUF, 1975, 2015.

La Parole et l'Outil, PUF, 1976.

Bruits. Économie politique de la musique, PUF, 1977 ; Fayard, 2000.

La Nouvelle Économie française, Flammarion, 1978.

L'Ordre cannibale. Histoire de la médecine, Grasset, 1979.

Les Trois Mondes, Fayard, 1981.

Histoires du temps, Fayard, 1982.

La Figure de Fraser, Fayard, 1984.

Un homme d'influence, Fayard, 1985.

Au propre et au figuré. Histoire de la propriété, Fayard, 1988.

Lignes d'horizon, Fayard, 1990 ; Le Livre de poche, 2004.

1492, Fayard, 1991 ; Le Livre de poche, 2004.

Économie de l'Apocalypse, Fayard, 1994.

Chemins de sagesse. Traité du labyrinthe, Fayard, 1996 ; Le Livre de poche, 1998.

Fraternités. Une nouvelle utopie, Fayard, 1999 ; Le Livre de poche, 2002.

La Voie humaine, Fayard, 2000 ; Le Livre de poche, 2006.

Les Juifs, le Monde et l'Argent, Fayard, 2002 ; Le Livre de poche, 2007.

L'Homme nomade, Fayard, 2003.

Raison et Foi. Averroès, Maïmonide, Thomas d'Aquin, Bibliothèque nationale de France, 2004.

Une brève histoire de l'avenir, Fayard, 2006, 2009, 2015 ; Le Livre de poche, 2010, 2011.

L'Avenir du travail, avec P. Cahuc, F. Chérèque et J.-C. Javillier, Fayard, 2007.

La Crise, et après ?, Fayard, 2008 ; Le Livre de poche, 2009.

Le Sens des choses, avec Stéphanie Bonvicini et 32 auteurs, Robert Laffont, 2009 ; Le Livre de poche, 2010.

Survivre aux crises, Fayard, 2009 ; rééd. sous le titre *Sept Leçons de vie*, Le Livre de poche, 2010.

Tous ruinés dans dix ans ?, Fayard, 2010 ; Le Livre de poche, 2011.

Demain, qui gouvernera le monde ?, Fayard, 2011 ; Pluriel, 2012.

Candidats, répondez ! Précis à l'usage des électeurs, Fayard, 2012.
La Consolation, avec Stéphanie Bonvicini et 18 auteurs, Naïve, 2012.
Avec nous, après nous... Apprivoiser l'avenir, avec Shimon Peres, Fayard-Baker Street, 2013.
Histoire de la modernité. Comment l'humanité pense son avenir, Robert Laffont, 2013 ; Flammarion, 2015.
Urgences françaises, Fayard, « Pluriel », 2014.
Devenir soi, Fayard, « Pluriel », 2015, 2018.
Peut-on prévoir l'avenir ?, Fayard, 2015 ; « Pluriel », 2016.
100 jours pour que la France réussisse, Fayard, 2016.
Le Destin de l'Occident (avec Pierre-Henry Salfati), Fayard, 2016.
Vivement après-demain !, Fayard, 2016.
Histoires de la mer, « Pluriel », 2018.
Comment nous protéger des prochaines crises, Fayard, 2018 ; « Pluriel », 2020.
Les Chemins de l'essentiel, Fayard, « Pluriel », 2019.
Histoires de l'alimentation, Fayard, 2019.
L'Année des dupes. Alger, 1943, Fayard, 2019.
L'Économie de la vie, Fayard, 2020.
Histoires des médias : des signaux de fumée aux réseaux sociaux, et après, Fayard, 2021.
Il y aura d'autres jolis mois de mai, Fayard, 2021.
Faire réussir la France, 30 réformes majeures et 250 actions urgentes, Fayard, 2021.
Histoires et avenirs de l'éducation, Flammarion, 2022.
Le Monde, modes d'emploi, Flammarion, 2023.

Dictionnaires

Dictionnaire du XXIe siècle, Fayard, 1998 ; Le Livre de poche, 2000.

Dictionnaire amoureux du judaïsme, Plon/Fayard, 2009 ; rééd. sous le titre *Petit Dictionnaire amoureux du judaïsme*, Pocket, 2014.

Romans

La Vie éternelle, Fayard, 1989 ; Le Livre de poche, 1990.

Le Premier Jour après moi, Fayard, 1990 ; Le Livre de poche, 2004.

Il viendra, Fayard, 1994 ; Le Livre de poche, 1995.

Au-delà de nulle part, Fayard, 1997 ; Le Livre de poche, 1999.

La Femme du menteur, Fayard, 1999 ; Le Livre de poche, 2001.

Nouv'Elles, Fayard, 2002 ; Le Livre de poche, 2004.

La Confrérie des Éveillés, Fayard, 2004 ; Le Livre de poche, 2006.

Notre vie, disent-ils, Fayard, 2014 ; Le Livre de poche, 2016.

Premier Arrêt après la mort, Fayard, 2017 ; Le Livre de poche, 2018.

Meurtres, en toute intelligence, Fayard, 2018.

Le Livre de Raison, Fayard, 2022.

Biographies

Siegmund Warburg, un homme d'influence, Fayard, 1985 ; Le Livre de poche, 1986.

Blaise Pascal ou le Génie français, Fayard, 2000 ; Le Livre de poche, 2002.
Karl Marx ou l'Esprit du monde, Fayard, 2005 ; Le Livre de poche, 2007.
Gândhî ou l'Éveil des humiliés, Fayard, 2007 ; Le Livre de poche, 2009.
Phares. 24 destins, Fayard, 2010 ; Le Livre de poche, 2012.
Les Penseurs du monde : Pascal, Marx, Gândhî, Robert Laffont, « Bouquins », 2012.
Diderot ou le Bonheur de penser, Fayard, 2012 ; « Pluriel », 2013.

Théâtre

Les Portes du Ciel, Fayard, 1999.
Du cristal à la fumée, Fayard, 2008.
Théâtre (réunissant *Les Portes du Ciel* et *Du Cristal à la fumée*, ainsi que
Il m'a demandé de l'attendre ici et *Présents parallèles*), Fayard, 2016.

Contes pour enfants

Manuel, l'enfant-rêve (ill. par Philippe Druillet), Stock, 1994.

Mémoires

Verbatim I, Fayard, 1993 ; Le Livre de poche, 1998 ; Robert Laffont, 2011.
Europe(s), Fayard, 1994 ; Le Livre de poche, 2002.

Verbatim II, Fayard, 1995 ; Le Livre de poche, 1998 ; Robert Laffont, 2011.

Verbatim III, Fayard, 1995 ; Le Livre de poche, 1998 ; Robert Laffont, 2011.

C'était François Mitterrand, Fayard, 2005 ; Le Livre de poche, 2007 ; Fayard-Le Nouvel Observateur, 2012 ; « Pluriel », 2016.

L'Intégrale des chroniques, vol. 1, L'Express éditions, 2011.

À tort et à raison. Entretiens avec Frédéric Taddeï, Éditions de L'Observatoire, 2020.

Rapports

Pour un modèle européen d'enseignement supérieur, Stock, 1998.

L'Avenir du travail, Fayard-Institut Manpower, 2007.

300 décisions pour changer la France, rapport de la Commission pour la libération de la croissance française, XO-La Documentation française, 2008.

Paris et la Mer. La Seine est Capitale, Fayard, 2010.

Une ambition pour 10 ans, rapport de la Commission pour la libération de la croissance française, XO-La Documentation française, 2010.

Pour une économie positive, groupe de réflexion présidé par Jacques Attali, Fayard-La Documentation française, 2013.

Francophonie et Francophilie, moteurs de croissance durable, rapport à François Hollande, président de la République française, La Documentation française, 2014.

Vers une révolution positive, groupe de réflexion présidé par Jacques Attali, Fayard, 2018.

Beaux livres

Mémoire de sabliers. Collections, mode d'emploi, Éditions de l'Amateur, 1997.

Amours. Histoires des relations entre les hommes et les femmes (avec Stéphanie Bonvicini), Fayard, 2007 ; Le Livre de poche, 2010.

Cet ouvrage a été mis en pages par

<pixellence>

CET OUVRAGE
A ÉTÉ ACHEVÉ D'IMPRIMER
SUR ROTO-PAGE
PAR L'IMPRIMERIE FLOCH
À MAYENNE EN OCTOBRE 2023

N° d'édition : 623558-0. N° d'impression : 103436
Dépôt légal : novembre 2023
Imprimé en France